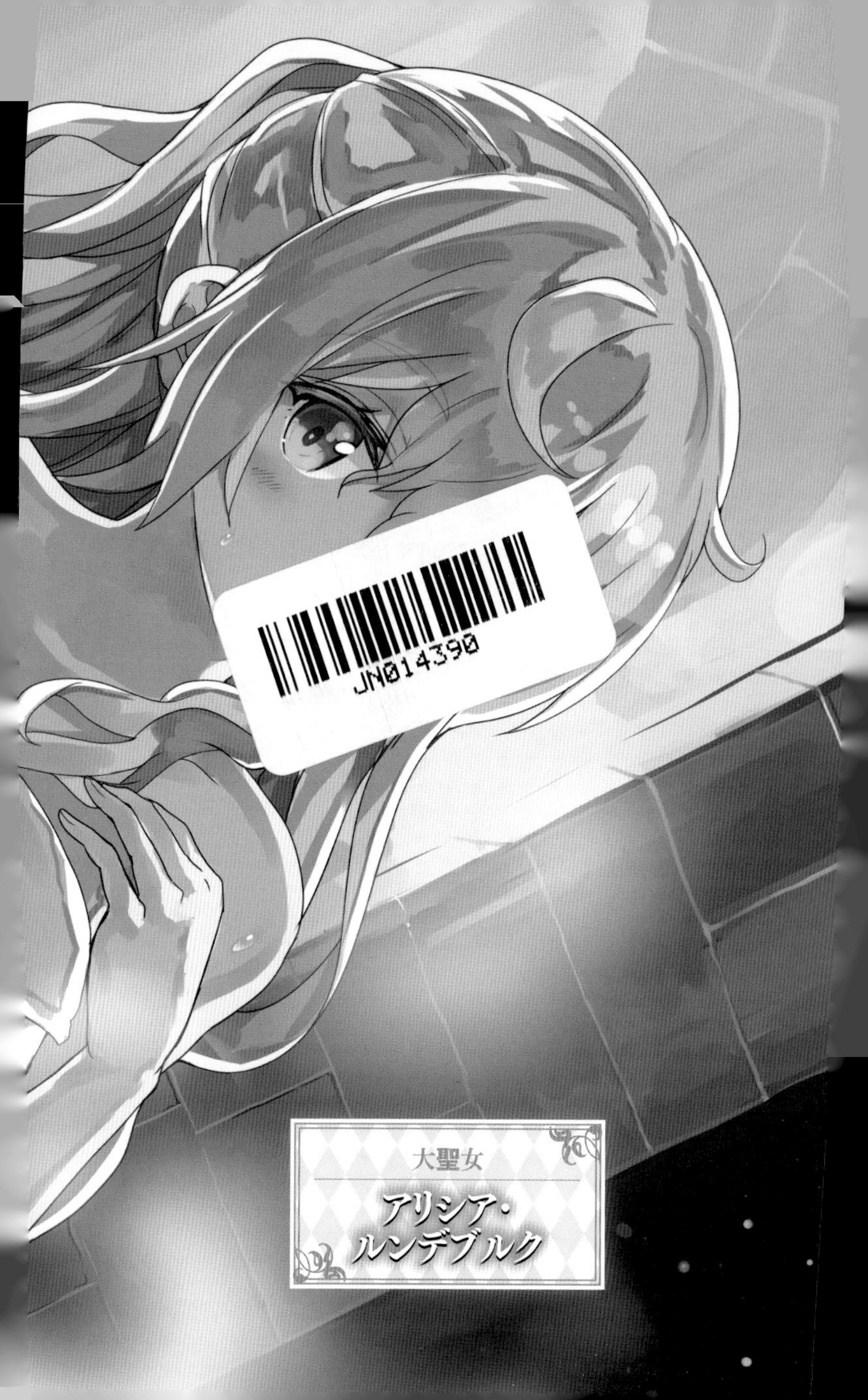
大聖女
アリシア・ルンデブルク

空を覆いつくすドラゴンたちの群れがあった。
数百に及ぶゲシュペント・ドラゴンたちのレギオン《軍団》は、
人にとって絶望の象徴に他ならない。
少なくとも、この一つの国……。いや。
「人間の世界を蹂躙できるほどの戦力だな」
やれやれ。

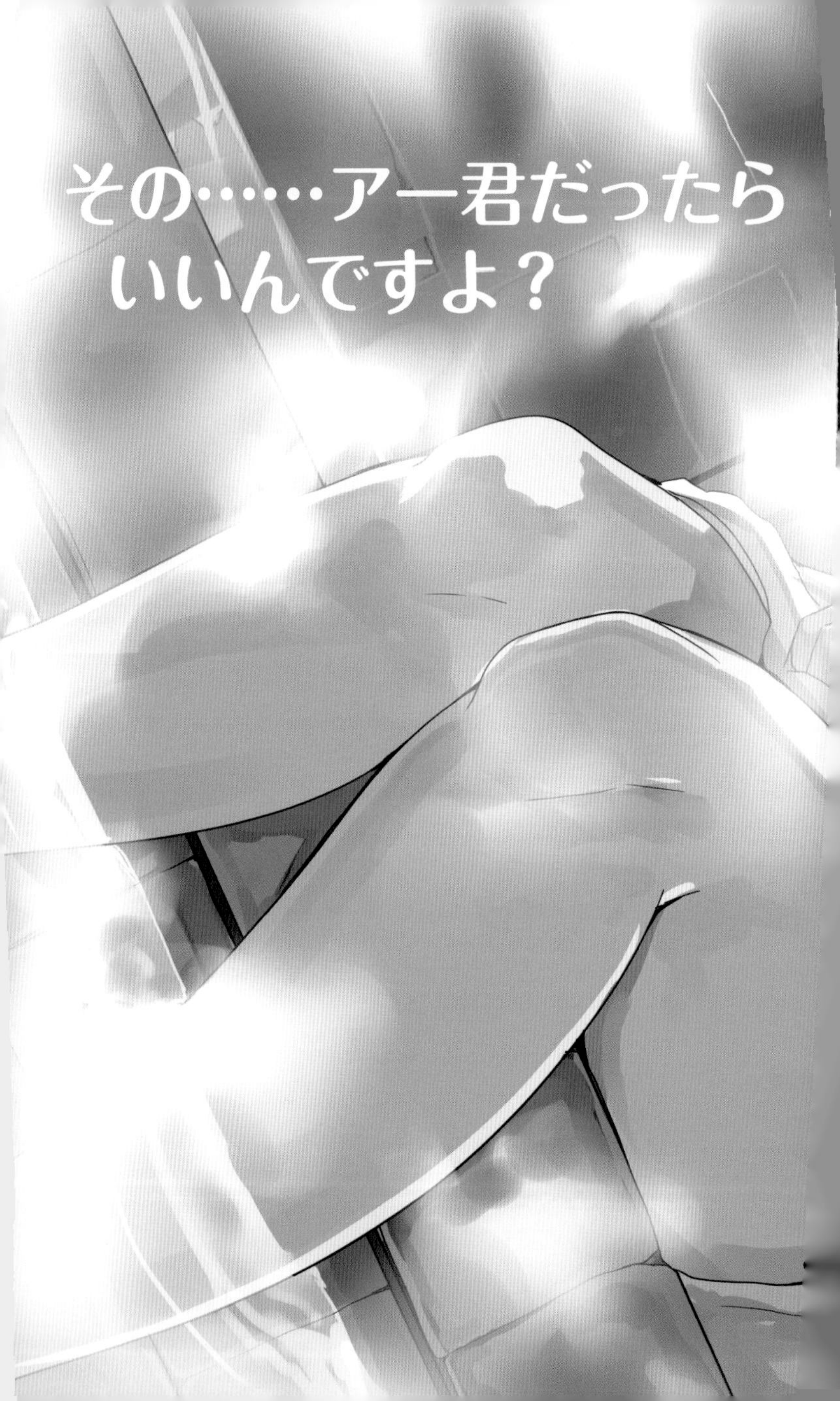
その……アー君だったら
いいんですよ？

勇者パーティーを追放された俺だが、俺から巣立ってくれたようで嬉しい。

……なので大聖女、お前に追って来られては困るのだが？

3

CHARACTERS

アリアケ・ミハマ

勇者パーティーの荷物持ち《ポーター》で無能扱いされているが、その正体はありとあらゆるスキルを使用できる《真の賢者》

ラッカライ・ケルブルグ

聖槍に選ばれた弱気な槍手。普段は男として振る舞うが、本当は女性。アリアケを師としても男性としても慕う

アリシア・ルンデブルク

勇者パーティーの大聖女にして国教の教皇。アリアケの追放後にパーティーを抜けて、彼を熱心に追い続ける

コレット・デューブロイシス

竜王ゲシュペント・ドラゴンの末姫。千年間幽閉されていたところをアリアケに救われてから彼に同行している

ビビア・ハルノア

聖剣に選ばれし王国指定勇者。アリアケを追放したため彼のサポートを失い、現在転落街道まっしぐら

リズレット・アルカノン

アリシアの上司で、教会本部の大教皇。アリシアをからかって楽しむが、食えない性格の持ち主

フェンリル

アリシアに付き従う十聖の獣。人間形態は美しい女性。主《アリシア》の主《アリアケ》を気に入った様子

CONTENTS

これまでのあらすじ

「お前は今日から勇者パーティーをクビだ!」
「馬鹿が、それは俺のセリフだ」

真の賢者アリアケ・ミハマ。
神託により、あらゆるスキルを無尽蔵に繰り出しながら王国指定勇者パーティーのサポートに徹していたが、
勇者ビビアから無能扱いを受け追放されてしまう。
面倒な役目からようやく解放されて喜んだアリアケは、念願だった静かで自由な旅を始めることに。
だが、旅路で助けたドラゴンの姫コレット、
なぜか自分を追いかけてきた勇者パーティーの大聖女アリシアとともに、
旅の先々で圧倒的な活躍を見せてしまい、図らずもアリアケは注目を浴びる日々を送ってしまうのだった。

自分と同じくビビアに追放された聖槍に選ればれし少女・ラッカライに稽古をつけ、
国王の御前試合にて彼女と共に勇者パーティーを粉砕。リベンジを果たす。
さらには魔王の配下・ワルダークの陰謀も阻止したアリアケだったが、
真の賢者の仲間達の親御さんは、娘たちの状況が気になるようで——

1、ボクネンジンに気持ちを伝えるたった一つの方法

～大聖女アリシア視点～

「アリアケ君、何をしてるんですか？」

「ん？　やあ、アリシアか。植物に関する本を読んでいたんだ。君も読むか？」

「いいの？　邪魔ではないですか？　それに私、文字読めないし……」

「邪魔なもんか。ビビアとかだと覚えが悪くて困るだろうけど、アリシアならすぐ覚えられるんじゃないかな。ほら、教えてあげから、こっちに来なよ。本が読めれば色々なことが分かって便利だよ」

「う、うん。アリアケ君」

「ほら、もっと近くに来てくれないと、それだとページが見えないよ？」

「ひゃ、ひゃい……」

そうして私と彼の距離は縮まって、徐々にゼロに……。

がば！

日差しが結構差し込んでいることから見ると、昼前でしょうか？

それにしても……。

「はぁ～、夢ですか～」

私こと、アリシアはため息をつきます。そのため息は少し甘い熱を帯びていました。

何だかずいぶん昔の夢を見た気がします。

そう思いつつ、私は頬を染めました。

だって、毎日彼のことを夢に見るからです。見ない日はないのですから。我ながら「またですか」という感じなのです。

「いつかこの気持ちを伝えないと……」

そう思いつつ、はや幾星霜。

「ていうか、あの人が……アリアケさんが朴念仁すぎるんです！」

枕をバシバシとたたきます。

それらしいことを言ったことはあります。

あと、最近パーティーに加入したラッカライちゃんだって、私の仕草を見て、一発でアリアケさんのことが好きだって気づきました！

しかしながら。

しかしながら！

「あのボク・ネン・ジーン！　は一向に気づかない！　と来たもんです！」

なぜなのか！

問い詰めたい！　ああ、神様なんでやねーん！　とツッコみたい！

「そりゃあ、アリシアよ。お主の伝え方が間接的すぎるのではないかえ？」

「ひえ!?　いきなり出てくるのはやめてくださいフェンリルさん！」

真っ白な髪を長く伸ばした、赤い瞳を持つ絶世の美女。

しかして、その正体は過去に私が洞窟より助けたフェンリルさんなのでした。

「我からの提案だがのう、抱きしめて、愛してると100回くらい言えば、いかなあの朴念仁の主様とて、お主の気持ちを察するであろうて」

「ひええええ！　コレットちゃんと同じことを言う!?　どうして私以外のみんなはそれほど女子力が高いのですが？　何か特別な訓練を受けているのですか!?　今からでも申し込むことはできますか？　大丈夫です、お金は教会の経費で落としますから！」

「普段は冷静沈着な大聖女様というのに、主様のこととなるとすぐにてんぱるのよなぁ、やれやれよのう」

やれやれよのう、とあくびをしながら、シュタッとフェンリルさんが窓べりへ移動しました。

「どこか行くのですか？」

「散歩よ。他の皆もそのようであるな」

気づけば、部屋には私一人。コレットちゃんもラッカライちゃんも朝の散歩に出かけているようでした。

もしかしたら朝練かしら？

「おお、それからのう。手紙が来ておったようだぞえ。教会からかのう。使い魔のカラスが置いてゆきおった」

「はい？」

フェンリルさんがその手紙を私へ放り投げます。ヒラヒラという軌道をえがき、手紙は私の手に収まります。

「一体なんでしょうか？　あら」

そう私がつぶやいたときには、開け放たれた窓のほかには、そこには誰もいなかったのでした。やれやれ。

自由奔放で野性なフェンリルさんに嘆息しつつ、私は手紙を読もうとします。

「そんな簡単に告白できたら苦労しませんよって……」

アリシアさんは告りたい！　でもできない！　なのですから。

「でも、何とかしたいのは本当なんですが！　まじなんですがっ……!!　くぅううう」

一人身もだえながら、手紙を読み進めていきます。どうせしょうもない指令だろう、ぐらいの気持ちです。

しかし、

「け、け、け、け、け、け、け、け、結婚！？？！？！？！　私とアリアケさんが！？！？！？」

そう絶叫したタイミングで、

「アリシア入るぞ？」

なんとアリアケさんが入室してきたのでした。

「はわぁ!?」

～アリアケ視点～

何か絶叫が聞こえたような気がしたが、まあ問題あるまい。

「アリシア入るぞ」

ガチャリと俺はアリシアの宿泊している部屋へ入る。

俺ことアリアケ・ミハマは海洋都市『ベルタ』で四魔公であるワルダークを、俺を慕い集った仲間たちとともに消滅させることになった。

本来であればそんな世界を救うような戦いは、幼馴染であり不出来な弟子たる勇者ビビアとその仲間であるデリア、エルガー、プララたちの役目なのだが、彼らはまだ俺から巣立って日も浅い。

やや荷が重かったのだろう。

本来ならば手を出すべきはないのかもしれないが、しかし、俺はやはり甘いのかもしれない。

不出来な弟子たちのフォローをするのも、元とはいえ師たる俺の役目であろう。

何より幼馴染ということもあり、俺は彼らを助け、ついでだが結果的に世界を救ったのだった。

勇者たちはその戦いで瀕死の傷を負いつつも、最近発見されて、現在はベルタの病院で療養しているとの噂だ。

ちなみに、俺はその世界を救った功績をたたえられて、勲章を授与されかけたのだが、謹んで辞退させてもらった。

俺の目的は「引退してのんびり田舎暮らし」から変わっていない。

なので、勲章授与に向かう馬車でそのまま街を出奔したというわけだ。

いやはや、英雄を一目見ようと集まっていた国民たちはガッカリしただろうが、これ以上目立つなどごめんなので何とか許して欲しい。

さて、今俺たちは街道沿いにある宿屋に泊まっていて、俺は明日の予定を確認するために、大聖女アリシア・ルンデブルクの部屋を訪れていた。

だが、俺が部屋に入った途端、

「ひゃひゃひゃひゃひゃひゃい!?　アリアケさん!?　はわわわわわわ!?!?」

いつもは見られない……。というか、俺の前では時々子供の頃のように最近は素が出るのだが……、そんな驚愕して慌てふためく聖女アリシアの姿があった。

と、その手から1枚の手紙が落ちる。

ヒラヒラと。

「ぬひゃあああ!?」

聖女がそのヒラヒラと空中を揺れる手紙をキャッチしようとするが、驚くほど巧みな軌道をえがいて手紙は聖女の手をすり抜ける。

そして、聖女の空振りによって、手紙は結果的に俺の手にスポッと収まった。

「わひゃあ!?　見ちゃダメです！　アリアケさん!?」

「ん？　これをか？」

そう言われて、つい反射的に手紙の内容を見てしまう。

そこには、端的に言えば、こう書いてあった。

『大聖女アリシア・ルンデブルクは、急ぎ大賢者アリアケ・ミハマと結婚し、教会本部の危機を救うこと　大教皇リズレット・アルカノンより』

「結婚？？？」

俺は首をかしげつつ、その意味不明の手紙から、アリシアへと視線を移した。

「はわ、はわ、はわわわ～」

そこにはなぜか茹ダコのように顔を真っ赤にして、目をぐるぐると回して、何か言おうとして一切の言葉を紡ぐことができない、冷静沈着と名高い大聖女アリシアがいたのであった。

ふうむ。

俺は目の前の茹ダコ状態のアリシアを見てから、もう一度手紙に目を落とす。

そして、一番の疑問を口にした。

「俺との『結婚』とは何のことだ？」

「ひゃ、ひゃいん!?」

アリシアは飛び上がってから、なぜか目を思いっきり泳がせつつ、

「えーと、えーと」

空中にのの字を書きながら、

「い、いやですね～、アリアケさん。結婚といっても、まんま結婚って意味じゃないんですよ～」

必死に考えを巡らせるようにして言った。

「結婚。マリッジ！　つまり夫婦みたいに『仲良くしなさい』という、そういう意味なんですよ！

仲良く協力して、教会の危機を救う手助けをしてもらいなさい、と。そういう意味なのです！」

ビシ！

とアリシアが宣言するように言った。

何かを必死に隠蔽したように見えたが……。

まぁ、完璧な彼女に何か後ろめたい事情があろうはずもない。

だとすれば、彼女の言葉を俺も素直に受け取るべきだろう。

「では、俺とアリシアが結婚して（仲良くして）、教会に訪れているという危機を救えば良いというわけだな？」

「けけけけけけけけけけ結婚!?　そ、そんな急に!?　まだ心の準備が!?」

「なんだ、俺と結婚する（仲良くする）のは嫌なのか？」

最近は少しは心を許してくれ始めたかと思ったのだが。

「い、嫌じゃないです……」

「なら、俺と結婚するか？」

「は、はい……。ふ、ふつつか者ですが……どうか末永く可愛がって……」

なぜか仲良くするというだけで、アリシアの頭から湯気が上がっているように見える。

そして妙にしおらしい。

と、思っていたのだが。

「って、そうじゃありませーん！」

大聖女アリシアの絶叫が宿屋にとどろいた。


「踏みにじられました！　私の純情が踏みにじられました!!」

「いやぁ、また、もう一歩といったところでしたね、アリシアお姉様……」

「そうじゃろうか。儂にはとてつもない隔たりがあるように聞こえてならんのじゃが？」

修行から戻ってきて、アリシアの大声を聞いたラッカライとコレットの二人が、何事かと慌てて部屋へと飛び込んできた。

ことの顚末を俺が冷静に説明したのだが、

「はぁ〜。やれやれ、またですか。まったくも〜、これだから先生ってば……」

ラッカライから、伝説に謳《うた》われる地獄に通じる『メギドの穴』よりも、なお深いため息をつかれてしまった。

うーむ、なぜだろうか。

なお、その後フェンリルも戻ってきて、一言。

「しかし、アリシアがこんな調子では、そなたらの番は当分先よなぁ」

と言った。すると、

「それなんじゃよなぁ、フェンリルよ……」

「ボ、ボクは別に急いでませんので……」

と、これまたよく分からないやり取りをした。

女子同士の会話は男子には一生分からないものなのだろうなあ。

さて、それはともかく。

「教会の危機を救う、というのはどういうことなんだ？」

俺は改めて、アリシアに送られてきた手紙の内容について言及したのである。

「思い当たる節があり過ぎてよく分からないんですよね〜。ブリギッテ教会の敵なんてごまんといますから」

「そうなのかえ？　国教だというのに？」

フェンリルが小首をかしげるが、俺もアリシアも首を横に振った。

「ブリギッテ教会自体はそれほど長い歴史のある教団ではないからな。ほんのここ３００年くらいのものだ」

「そうです。元々は他の国でも信仰されている智神ワイズを奉ずるワイズ教が国教でした。ざっくり言えば、人と争うことを良しとせず、人々の助け合いによる相互扶助によって穏やかに暮らしていこうとする知恵と優しさの神ですね」

「よく、そんな宗教の大転換ができたものよなぁ。宗教は人にとって結構大事なものと理解しておったが」

その指摘は正しいな。

「実際には転換しきれていない。300年前、唐突にこの国の東端に塔と街が作られた。それがブリギッテ教の始まりとされている。そんな強引ともいえる始まり方だったために、この国にはいまだにワイズ教徒が多い」

「なんじゃやか、まるでワイズ教では不都合だったので、無理やりブリギッテ教を普及さしたような印象があるのじゃ」

そうだな。あるいは、

「300年くらい前に何かあったのかもしれんな」

俺の言葉に、アリシアも頷いた。

そのあたりの事情は大聖女といわれる教皇第3位のアリシアにすら、知らされていない事実らしい。

「ブリギッテ教がいい宗教だから、広まったんじゃないですか？　ボクら槍の一門ケルブルグも熱心なブリギッテ教徒ですから」

「あ～、まあ冒険者ですとか、武人には人気ですよね、ブリギッテ教は、まぁ、武神ブリギッテを奉ずる、どちらかといえば……いえ、完全に武闘派宗教ですからねえ。暴力を推奨しているわけではないですが、正しいことをなすために暴力は必要悪であり、大事なものを守るためには腕力を鍛えましょう、という宗教ですからね～。個人的にはどうなん？　と思ってますがね～。あと特徴的なのは『悪魔』を超敵対視していることでしょうかねえ」

「『悪魔』とは珍しいのじゃ！　人や竜、魔族とも異なる冥界の住人じゃな。その力は段違いといわれておる。会ったことはないがのう」

「悪魔について詳しい情報は余り多く残されていません。会ったら基本殺されますからね。記述も曖昧なものが多いです。最新の文献でも2、300年前のものがせいぜいですかねえ。それ以降の記述は見たことがありませんね。あったとしても、見間違えか、思い込み」

「で、そんなところからの招待状というのが、この手紙か」

『教会の危機を救え』

しかも、俺を連れてきて欲しいとも読み取れる内容。

だとすれば相当の厄介ごとが予想されるわけだが……。

「べ、別にいいんですよアリアケさん。せっかくスローライフをしようとされてるのに、わざわざ私の厄介ごとなんかに付き合わなくても」

「そうはいかないだろう」

俺は微笑みながら、

「大事な（幼馴染の）アリシアの頼みなんだ。俺も教会に同行するとしよう」

そう言って頷いた。

一瞬、アリシアの動きが止まる。が、次の瞬間には、

「くぅう、この朴念仁！　わざとやってるんじゃないでしょうか～！」

「なぜ怒っているんだ？」

「怒ってませんとも！　このアンポンターーン！」

なぜか怒り出したうえに罵倒されてしまった。

ふうむ、やはりまだ嫌われているようだなぁ。

そんなことを思っていると、なぜか周囲にため息をつかれた。

なぜだ？

ともかく、そんな疑問は残しつつも、俺たちは一路国の東端、ブリギッテ教の聖地であり宗教都市『セプテノ』へと馬車を走らせたのであった。

2、デリアとプラに先を越されて焦る聖女さん

俺たちは一路、馬車にて国の東端、ブリギッテ教の聖都『セプテノ』を目指していた。

だいたい半月ほどの旅路になる見込みだ。

コレットにドラゴン化してもらい、飛んでもらえば早いのだが、俺という乗り手を得た彼女は『神竜』クラスに昇格していて、とにかく強すぎる。安易にドラゴン化すれば周囲に様々な影響を与える可能性が高い。

俺にしても彼女にしても、規格外ともなるとこういう常人では理解しえない苦労が発生してくる。

そんなわけで、どうしても必要な場合以外は、こうして一般人と同様の移動手段を使用しているのである。

さて、そんな俺たちが馬車でのんびりと街道を走っていると、

「そこの馬車、止まるのですわ!!」

馬車の前に立ちふさがる二つの影があった。

「デリアにプララじゃないか。どうしてこんなところに……？」

御者台の当番である、俺とアリシアがそう言って顔を見合わせていると、つかつかと二人の女性

が近づいてきた。

そして、

「アリアケ・ミハマ！　このデリア・マフィーと正式にお付き合いなさい！」

そう唐突にデリアが、頬を染めて俺に言ったのである。

唐突のセリフに俺は首をかしげるのみだが、

「は……ぁ……？」

一方、隣のアリシアからは地獄よりもなお深い声が響いたかと思うと、御者台の手すりが一瞬で木っ端みじんとなり、さらさらと宙に舞った。

「アリシア、君は今、素手で手すりを……」

「い、今はそれどころではありません！　デリアさん、な、な、な、何をいきなりっ……！　わ、私の、私のアリアケさんにっ……！」

何かを言いかけるが、それより早くプララが口を開いた。

「あ、あたしもさ、ちょっち、アリアケにキュンキュン来てんだよね〜。どうかな、このあとちょっと二人でしけこまね？」

そう言って、ぐいぐいぐいぐい！　とプララらしい強引さで、俺の腕を引っ張ってくる。

「ちょ、ちょっと待って下さい！　なんなんですか、本当に!?　アリアケさんも振り払《はら》ってください！　まずは手をつなぐところからゆっくりと始めるのが正式なお付き合いというものですよ！わ、私だってまだなのにっ……！　よ、よりにもよって、この二人に先を越されるとかっ……！」

「いや、そう言われてもなぁ」

よく分からない事態に、俺もどうしていいのか困惑する。

だが、そうしている間にも女性陣の間で会話は勝手に進んでいった。

「アリシア、あなたは関係ないでしょう？　ちょっと黙っていていただけません？」

「そうだよ、引っ込んでなよ、根暗聖女はさぁ！　アンタにアリアケはもったいねーって、きゃはは！」

「な!?　な、な、な、な、な、な、な……」

アリシアが口をパクパクとさせる。

「ほーら、何も言い返せないではないですか！」

「そうそう、なら、ひっこでるじゃーん♬」

「くっ、くぅううう、い、いきなり出てきて言いたい放題！　ア、アリアケさんは、ぜ、全部、わ、私の……私の……。爪の先から髪の一本まで、その全部……ごにょごにょ」

「おほほほほ！　聞こえないですわ〜」

「ほらーアリアケー。こんな根暗聖女ほっといて、いいとこ行っていいことしよーよー♡」

(やれやれ、一体どうなってるんだ？)

俺がどうしたものかと頭を悩ませていると、

『ガサコソ』

何事かといった様子で、幌《ほろ》の中にいたコレットとフェンリル、ラッカライが顔を出した。

「なんじゃなんじゃ、旦那様の魅力に勇者パーティーの女性どもも、まいってしまったというわけなのじゃ？　さすが儂らの旦那様なのじゃ！」

「それにしてもアリシアはいつもちと重いのう。小声になって主様に聞こえとらんから良いようなものの」

　コレットとフェンリルがマイペースな会話を繰り広げる。

　だが、

「そ、そんなことより、デリアさんとプララさんが攻撃してきましたよ!?」

　ラッカライの言葉通り、困惑して動かない俺に痺れをきらしたのか、なんと二人が攻撃を仕掛けてきたのである。

「ああ、もう！　埒があきませんわね！　なら、気絶させて連れて行くまでですわ！　私の拳《こぶし》の味、知るといいのですわ！」

「そうそう、恋は戦争って言うじゃん！　だから奪えばいいじゃん!!　略奪愛みたいで燃えるじゃん！　ってなわけで、ファイヤーボール!!」

「!?　さ、させません！　小結界!!」

　バチィィィイイイイイイイイイイイ！

　アリシアが常人では不可能な凄まじい反応速度で小結界を連続で展開していく。

「連れて行かせませんよ！　アリアケさんは私と、私とっ……！」

「俺とアリシアが何かするのか？」

「黙っててくださいますか!?　このボクネンジーン！」

なぜか怒られてしまった。

まぁ、しかしながら。

「黙るのはいいが、とりあえず結界の必要はなくなりそうだぞ、アリシア」

「へ？」

アリシアがキョトンとした瞬間である。

「皆さん伏せて下さい！　ええーい！」

バフン！　モクモク！

「ひゃあ!?　なんですの！　これは……すやぁ……」

「白くて何にも見えないじゃん、せっかくのメイクがにじんじゃうじゃ……スピスピ……」

ばたりと二人が倒れて、大いびきをかきだした。

「ふぅ。何とか間に合いましたか。さっすがバシュータさん直伝の投擲用眠り薬ですね」

攻撃中のデリアとプララの顔面に死角から、何か白いパックのようなものを投げつけた少女が姿を現した。

そして、俺の姿を認めると、パタパタと少し大きめの杖を持って駆け寄ってくる。

目の前まで来ると、はきはきと様子で、

「アリアケ様、御無沙汰しています。お変わりありませんでしょうか」

そう言って奇麗なお辞儀をした。

緑の髪がふわりと舞う。

その少女の名前は、

「ローレライか。久しぶりだな。ベルタ以来だな」

「はい！」

元気よく頷いた。

少女の名はローレライ・カナリア。

かつて一時だけだが勇者パーティー時代に、一緒に冒険をしたことのある高等回復術士だ。先の海洋都市『ベルタ』における魔神ワルダークとの戦いでも、重要な役割を担ってくれた。

一見、まだ駆け出しといった風情を持つ少女だが、その腕前は既に高レベル回復術士に至っている。

あどけなさがまだ残るが、しっかりとした考え方を持った、非常に優秀な少女である。

「だが、どうして君がこんなところに？　それにデリアやプララも」

「はい、実は……。す、すみません、アリアケ様、説明する時間はなさそうです！」

彼女はそう言って後ろを振り返り、

「追いつかれました」

杖を構えながらそちらを睨む。

そちらにはいつの間にか、一人、真っ白な肌、真っ白な髪、真っ白なドレス、深紅の瞳を持つ少女が立っていた。

（いつ近づかれた？）

俺に気配を感じ取らせなかった？　そんなことができるものなのか？

俺の驚きをよそに、その白い少女は開口一番、

「お恥ずかしいです。あまり見ないでくださいませ、このフォルトゥナの顔を……」

そう言って頬を染めて俯いたのであった。

その瞬間、周囲の温度が10度ほど下がったように感じた。

まるで悪寒を感じたときのように。

3、白き少女フォルトゥナと聖都セプテノ

「なるほど……」

真っ白な肌、真っ白な髪、真っ白なドレス、深紅の瞳を持つ少女フォルトゥナは、顔を伏せて目を合わさないようにしながら、囁くように言う。

「さすがは大教皇リズレット・アルカノン様です。人にしておくには惜しいお方。教会サイドの切り札を、こうして差し向けられていたわけですね。私ごときでは敵うはずもないと、このティアラを外さずにはいられません」

「また、教会か。一体何がおこっているんだ。それに切り札？」

「ええ。ゆえに、お恥ずかしながら、こうして彼女らの頭を、クチャクチャと私の権能で書き換え、心を意のままにして差し向けてみましたが、あまり魅力的な餌にはなっていませんでしたね。アリアケ様の趣味嗜好に思い至らず申し訳ない限りです。やはり、お隣の聖女アリシア様を操るべきでしょうか？」

頬を朱に染めて、手で顔を隠す。

その指の隙間からこちらをちらちらと見てくる。

だが、その言っている内容は、常軌を逸していて、脳を犯す毒をはらんでいる。

「さっきから何を言っておるのじゃ、このフォルトゥ……」

「コレット！　彼女の名を呼ぶな！」

「のじゃ!?」

俺の言葉に、コレットは驚いて言葉を止める。

「彼女の名は忌み名だ。口にすれば呪いを受ける。あれはそういう代物だ。だから特に彼女が目の前にいる状況では名は呼ぶな」

少なくとも後で俺が呪い除けのスキルをかけるまではな。

そう言うと、白き少女フォルトゥナはうっすらとはかなげに、照れたように微笑んだ。

「ああ、さすがアリアケ・ミハマ様。旅の星神シングレッタの加護を得た有史以来の方です。二つ目の試練も簡単に乗り越えられてしまいました」

「君が切り札ということは最初から察しがついていたんでな。切り札が敗れた以上、さっさと家に帰るんだな」

「左様ですか。本当に素晴らしいですね。好きになってしまいそうです」

「悪い冗談だな。それにこれから俺たちは君のことを『白い少女』と呼ぶ」

すると、彼女は手で顔を覆うのをやめて、こちらを見た。

「ご提案頂いた通り、今日はこれで帰ります。呪い返しの法まで修めているとは予見違いでした。完敗ですね。あなたには乾杯というべきでしょうか。ああ、今のダジャレは恥ずかしいです。ただ

「……」

彼女は言いにくそうにすると、

「ですが彼らがあなたと話したいと言ってきかないので、置いていきます。ご迷惑をおかけしますがよしなにしてくださいね」

なに？

いつの間にか彼女の後ろから二人の男性が現れる。

それは、

「アリアケええええええええええええええ！　てめえ、許さねえぞ！　許さねえ！　こないだは御前試合で王族と大衆の前で大恥をかかしやがってえええええ！　しかも、今度は俺の女どもをとりやがるつもりかあああああああああ!!」

絶叫する男と、

「フォルトゥナ様のためにひと肌脱ぎましょう」

淡々とした調子でアイテム使用の準備をする冷静な男。

勇者ビビア・ハルノア。

そして、勇者パーティーのポーター、バシュータ・シトロであった。

「どうしてとは言うまい。やれやれ、お前らはいつもやっかいな相手に魅入られるなぁ」

俺の呆れ声に、

「うるせえ！　何を訳の分からない御託を並べてやがる！　アリアケ・ミハマぁぁあああ！」

不肖の弟子であり、今回もその真骨頂をいかんなき発揮する勇者ビビアが襲い掛かってきたのであった。

背後からはバシュータが的確に煙幕を使ってくる。

攻撃してきた勇者の攻撃をスキルで回避しながら、説得を試みた。

「馬鹿な真似はよせ、ビビア。お前は操られているんだ。あの白い少女に！」

正気に戻れ、ビビア！　というか、そもそもだ。

「デリアやプララは全然お前の女ではないだろう。そんな二人を盗った盗らないなど、そもそも成立しない。とんでもない言いがかりだぞ？」

「はあああああ!?　二人は俺にべたぼれに決まってんだろうがあ！　それになあ、アリアケえぇ！」

ニチャリと、ビビアが下卑た笑いを浮かべると、全員に聞こえるような大声で、

「てめえこそ、大聖女や他の美人を、騙して、はべらせていんだろーがぁ!!」

と言ったのである。

騙す？

はべらせる？

どういうことだ？

俺は意味が分からずに首をかしげた。

一方、ビビアは俺を心底見下した表情で、

「はっ！　とぼけたって無駄だぜ！　てめえが何かそいつらの弱みを握って連れまわしてるのは分かってんだ！　どーせ悪鬼非道なてめえのことだぁ！　とんでもねえ弱みを握っていいようにしてんだろうが！」

「そんなことは無いと思うが……」

「はん！　てめえの意見なんか聞いちゃいないんだよ！　てめえはいつもそうだ！　後ろの方で偉そうなことを言うだけで全くてんで役に立たねえ口だけ野郎さ！」

「うーむ」

俺は相変わらずポーターや支援職の重要性の分からない、この不肖の弟子にどうしたものかと困惑してしまう。

だが、そんな俺の様子を怯んだと勘違いしたのか、ビビアは得意げになった。そして、

「そーら、そこのカワイ子ちゃんたち、このアリアケなんざ足元にも及ばない超絶最高イケメン勇者のこの俺、ビビア・ハルノアのパーティーに今なら入れてやるぜぇ！」

ビビアは攻撃を仕掛けながらも、女性たちに話しかけたのである。

「アリアケなんかといてもいいことはねえぞ。つまらねえ男だ、そいつは！　趣味もねえし、剣の腕もねえ！　魔法だってろくに使えねえ！　だから追放してやったんだ！　この栄えある勇者パーティーからなぁ」

だからよ！　と続けた。

「あんたらみたいな美人はこんな奴のパーティーにいるのはもったいねえって！　俺のパーティー

にくりゃあ、いくらでもいい思いをさせてやるからよう！　富も名誉も思いのままだぜ！　何よ
り！」

ビビアは自信満々に、

「何よりこの俺様がいるんだからなぁ。こんな嬉しいことはねえだろう。なぁ！」

そう言い放った。もはや俺のパーティーメンバーが勇者パーティーへ加入することが当然といった様子で。

しかし、

「あの、御冗談は顔だけにしてください、勇者様……」

「………は？」

その言葉にビビアは何を言われたのか理解できず、動きを停止させる。

それもそのはずだろう。

そのあまりにも辛辣なセリフを言ったのが、俺たちのパーティーの中でも最もおとなしい聖槍ブリューナクの使い手ラッカライだったのだから。

「先生は本当に素晴らしい人です。落ち込んでたボクを根気強く勇気づけてくれて、成長を見守ってくれました。修行の時も自分の犠牲を顧みずに稽古をつけてくれたこともあります。御前試合でボクが勇者様に圧勝したのも全て先生のおかげです！　だからこそボクは……私は先生と一緒にいるんです！　ずっと、これからも、ずーっと!!」

そう強く言い放ったのである。

それは普段おとなしい彼女からは想像できない強い意志の表明であった。

というか、ずっとを余りに強調しすぎて、まるで一生一緒にいるような、誤解を与えるニュアンスになってしまっているぞ。

と、そんなことを考えていると、

「うむうむ！　よく言ったのじゃ！　ラッカライ！　そなたが言わんかったら、儂のイライラブレスで、この辺り一帯焦土じゃったぞ！」

コレットが腕組みをしながら、勇者へ言った。

「小童よ、よく聞くが良いのじゃ！　旦那様はこのゲシュペント・ドラゴンの末姫の見初めた相手よ！　1000年の封印がどのような苦痛であるか、そなたのような矮小な輩には分かるまい。そんな儂を、まるで王子様のように旦那様は救い出し、同情ではなく儂と向き合い、優しく言葉をかけてくれたのじゃ。このような慮外な力を持つ儂のような者でも、一生ついていっても良いと言ってくれた！　ならばこの身朽《く》ち果てるまで添い遂げるほかなかろう！」

「んなぁっ!?」

コレットらしい堂々とした宣言であった。

ただ、ついてきてもいいとは言ったが、たかだか旅に同行することを、この身朽ち果てるまで添い遂げるというのは、ちょっとオーバーな表現だとは思うが……。

などと思っていると、次にフェンリルが、

「まあ我はなぁ。主様の膝の上でまどろむだけよ。そうすれば片時も離れんで済むゆえなぁ」

狼らしいことを言った。片時も離れないというのは、彼女らしい大人びた比喩表現だろう。

そして、最後に、

「愛と！　怒りの！　聖女さんパーーンチ!!」

ドゴオオオオオオオオオオオン！

「んぎあぁあああああああああああああああああ!?」

聖剣の防御をもろともせず、アリシアの全力の一撃が勇者へと吸い込まれると、その一撃で勇者が大きく吹っ飛ばされた。

「わ、わ、わ、わ、わ、わ……」

パンチを放った聖女は、何かを言おうとして、顔を赤くしてパクパクする。

そして、

「わ、私のボクネンジンになんてことを言うんですかぁ!?　私の！　私だけのボクネンジンなんです！　最高のボクネンジンなんですからぁ!!　私のボクネンジンを馬鹿にしたら、マジで許しませんよ！」

ボクネンジン？

誰のことだ？

相変わらず彼女の言葉は難しい。

だが、おそらく俺のために怒ってくれたのだろう。アリシアにも、みんなにも礼を言わねばなるまいな。

「ラッカライ、コレット、フェンリル、俺のために言い返してくれてありがとう。嬉しかったぞ。とはいえ、売り言葉に買い言葉とはいえ、奴のパーティーに入りたくないからって、ずっと俺といてくれるというのは、ちょっとオーバーな表現ではあると思うがな」

「うーん、朴念仁ですねえ」「のじゃ。なんたる朴念仁」「これはひどいのう」

「ん？　何か言ったか？」

「「「さあ」」」

彼女たちは首を振った。

ああ、それと最後に、

「アリシアもありがとう。ええと、君が何を言っているのかは分からなかったが、とりあえず今しばらく俺と一緒に来てくれるということでいいんだな？」

「うわああああああん！　ですよねえ、伝わってませんよねえ！　ていうか、周りのみんなの女子力が高すぎませんか!?　聖女さん周回遅れじゃないでしょうか!?」

なぜかわめきだした。

「うーむ、やはりアリシアの言葉は難しいな……」

と、そんなやりとりをしている間に、

「やれやれ、薬草を多めに持ってきてよかったですよ」

バシュータが吹っ飛ばされて瀕死になっていた勇者ビビアをかついで戻ってきた。

ビビアは気絶している。

「勇者さんが先走ってしまったんで、今日の勝負はひとまずお預けっすね。ではでは、またの機会に」

「逃がすと思っているのか？」

「ええ、もちろん。ていうか、もう逃げてますんで」

「なるほど、これはやまびこ草で数秒前の映像を映し出してるわけか。本当に優秀なポーターだよ、お前は」

この声はもう聞こえていないだろうがな。

やまびこ草の効果はせいぜい数秒。

徐々に勇者とバシュータの姿は色あせて消えていく。

デリアやプララは白い少女が回収したのか、いつの間にか跡形もない。

まぁ、最初から捕まえようと思っていたわけではないし、彼らが何かしらの手段で逃げ出すのは想定の範囲内だ。

下手に刺激して、あの奇妙な少女と対策もなしに戦うような事態になるよりかは、相手が撤退している間に、一度情報を整理した方がいい。

そう俺の直感が告げていた。

いや、それにしても、

「なんとも風変わりな相手が出てきたものだ」

正体は何となく察しがついている。

「さっさと俺は田舎でスローライフをしたいだけなんだがなぁ」

俺は大きくため息をついたのであった。


「ここがブリギッテ教の聖地、聖都『セプテノ』か」

俺たち賢者パーティー一行と、臨時で加入したローレライ・カナリアはセプテノに到着していた。

宗教都市というだけあって、ローブに身を包んでいる者や、辻説法などをしている者もいる。

教会や武神ブリギッテをかたどった彫像もたくさん見受けられた。

宗教都市らしい信仰にあつい、穏やかな暮らしをする人々の姿がそこには……。

「うおおおおおお！　どうですか、旅の方、ブリギッテ教に入信し、こんなたくましい上腕二頭筋を一緒に作りませんか!?　見て下さいよ、この力こぶのたくましさを！　ふんが！」

せっかくのローブの腕の部分をカットし、自身の上腕二頭筋を見せびらかす変態が一人、車上の俺へと話かけてきた。

「やめなさい！　ああ、恥ずかしい！　突然失礼しました、旅の方」

すると、それを見かねたのか、別の信者がやってくる。穏やかな顔つきの青年であり、顔には微笑を浮かべている。

だが、その男の上半身は裸であり、下半身はビキニパンツのあられもない姿だ。

「ああ、ブリギッテ神の聖なるかな。ブリギッテ神はおっしゃりました。上半身を鍛えたら、下半身も鍛えよと。筋肉を語るのではない。筋肉が語りだすのだと。それなのに、腕まくりしたときに上腕二頭筋を主張するためだけに筋肉を鍛えるなど神の教えを冒瀆する行為だ。ふうん！」

青年はそういうと、奇麗な歯を光らせながら、突如サイドチェストのポーズをとった。

胸の厚みもさることながら、腕のたくましさや脚の太さもしっかりとアピールしてくる。

「ふむ、見事なS字ライン。キレてるな」

俺は思わず言葉を漏らす。

「ははっ！　分かりますか、旅の方！　あなたには才能がありそうだ。どうですか、ぜひブリギッテ教に入信しては!!　今ならば教会特製のプロテインポーションをおつけしますよ！」

「厚意はありがたいんだが、すまないが、俺には信仰している……というわけではないんだが、先約の神がいてな。いちおうそっちに義理立てをしているんだ」

「そうですか。いえ、色々事情があるのでしょう、強要するわけではありません。ですが、きっと将来あなたも筋肉のすばらしさに目覚めることでしょう。その時はぜひ入信してくださいね。それでは、聖都を楽しんでいってください、マッスルマッスル！」

気持ちの良い青年は歯を光らせると、上機嫌で手を振りながら去っていた。

「ふっ、やはり筋トレしている人間は基本的にテンションが高いなあ。さすが武闘派の神ブリギッテを奉じる聖都『セプテノ』の民は一味違う。なぁアリシア」

俺は同じブリギッテ教徒であるアリシアに話を振った。

だが、

「ご、誤解ですから!?　あんな変態ばっかりじゃありませんよ！　ブリギッテ教は!?　基本的には武術を鍛えて大切な人たちを守りましょうっていう教えなんですから!?　いきなりなんで上腕二頭筋なんですか!?　サイドチェストなんですか!?　教会第3位として粛清していいですか!?　というか、なんで自然と会話しちゃってるんですか、アリアケさんはっ!?　キレてるなぁ、じゃないっちゅーねん！」

アリシアは、なぜか自分をあんなのと一緒にするなと必死で弁明を始めた。変になまった言葉でツッコまれる。

更に、

「いやぁ、我はそれほど違和感はなかったぞえ？　アリシアも毎日鍛えておるではないか？　実は8《エイト》パックになったのではないかえ？」

「フェンリルさんなんてこと言うんですか!?　それに私の体はフワフワですよ！　毎日柔らかくするためにハチミツ飲むようにしてるんですから！」

「そ、そうなんですね、アリシアお姉様。そんな人知れない努力を……。ボクも頑張らないとッ……！」

「はっ!?　しまった、口が滑ってつい!?」

「儂は強い奴が多そうなこの宗教のことは好きじゃぞ！　人族もなかなか見どころがあるのじゃ！」

「うう、コレットちゃんの純粋な意見が聖女さんつらいっ……！」

どんどん落ち込んでいくアリシアなのであった。

と、そんなにぎやかなパーティーの中にあって、一人沈黙を守るローレライのことが気になって声をかける。

「どうしたんだ、ローレライ。そういえば君もブリギッテ教徒だったと思うが、少し嫌な思いをさせてしまったかな？」

ローレライはこの賢者パーティーに合流してから日が浅い。

なので、俺たちの会話が気に障ったりすることもあるかと思ったのだが……。

「えっ!?　ああ、いえいえ、全然です！　私自身はブリギッテ教徒ではありますが、あまりこだわりはありませんので。考えていたのはこの後のことなんですよね。いえ、まさかこんな形で里帰りすることになるとは思っていなかったので、はぁ……」

明らかに落ち込んだ様子でローレライがため息をついた。

彼女の故郷はここだったのか。

だが、ずいぶん落ち込んでいるようだが、なぜなのだろう？

聞いてもいいのだが、いきなり立ち入った話をするのもよくないかもしれない。

そう思って、いったん別のことを考えることにした。

それはもちろん、あの白い少女フォルトゥナのことだ。

あの白い少女フォルトゥナや勇者一行との戦闘から1週間。

あれ以来、彼女らの襲撃はない。

（それもそうか）

あの戦闘は、おそらくフォルトゥナにとっては意外な結果だったと、俺は分析の上、結論を得ていた。

彼女自身は余裕なフリをしていたが、実質的にこちらには被害が一切なかったし、むしろローレライが仲間に加わり、支援力が盤石になった感すらある。もともと大聖女は回復もできるが、実は前衛もできるので結構忙しい立ち回りだったのだが、回復が二人いれば、かなり彼女の負担は軽減されるであろう。

（結局のところ、フォルトゥナたちは俺たちにダメージを与えるどころか、俺に策を全て破られることで、逆に俺の賢者パーティーの力を増強してしまった）

そして何よりも、

（彼女たち自身の情報を俺に与えてしまった）

これが大きい。正体不明の敵には打つ手がないが、一度接触し言葉を交わし、矛を交えれば、大なり小なり情報が入手できる。情報があれば、俺レベルの戦略家ともなれば相手の攻略方法を幾つも思いつくことは容易だ。

（あちらが用意した戦力を見ても、こちらにある程度ダメージを与えられる算段だったんだろう。そういう意味では、彼女の余裕は欺瞞《ぎまん》。内心では相当焦っていたことが容易に推察できる）

俺でなければ見破れなかったろうがな。

ふっ、と軽く微笑む。

（まあ、少なくとも、彼女の思っていた計画とは乖離《かいり》した結末だったに違いあるまい）

とはいえ、

「撤退は見事だったがなぁ」

そこはバシュータを巧く使っていた。

彼や、むろん俺のような優れた支援職であるポーターは、パーティーの完全な敗北を回避するという点で、パーティーの死命《しめい》を握る最も重要な役割を担っている。バシュータやその数段上のレベルの俺がどれほどパーティーの未来を決めることになるか、よく分かる戦闘だったといえるだろう。

と、そんな分析をしていた時である。

「ああ！　帰ってきたんですね！　聖女アリシア！」

そう言って馬車に駆け寄ってくる存在がいた。

日よけのためか非常にツバの広い帽子をかぶり、地面にまで届きそうな金髪を伸ばした、アリシアと同じか少し上くらいの年齢に見える女性である。

そして、俺たちの馬車の近くまで来ると、開口一番、

「結婚式の日取りは決まりましたか!?　もう私ったら楽しみで楽しみで！」

そう大声で言ったのだった。

ここは往来のど真ん中。

そこにいた全員が俺たちへと視線を向けて注目した。

そんな中でアリシアは顔を真っ赤にしつつ、

「やかましいですよ！　大教皇様！　こんな往来でいきなり何言ってるんですかー！」

そう叫び返したのである。

大教皇。

そう、ならばすなわち女性の名は、大教皇リズレット・アルカノン。

ブリギッテ教の指導者にして聖都『セプテノ』の行政区長。

そして……、

「おおっと、しかもそこにいるのは我が愛娘じゃないですかぁ！　もう、帰ってくるならそう言いなさいよお！　ちゃんとごちそう作って待ってるのにぃ！」

愛娘？

その言葉に、

「もう、だから嫌だったんですよね……」

そうため息をつきながら、その少女はいつものふわふわとした緑の髪を揺らしつつ、

「ローレライ・カナリア。いえ、ローレライ・アルカノン。ただいま戻りました。お母様におかれましては、相変わらずお変わりないようで」

そう言って、やれやれと首を横に振ったのだった。

「驚いたな、まさかローレライ、君が大教皇の娘だったとは」

「本当ですよ、私も初めて知りました！」

俺の言葉に、アリシアも同意した。

「申し訳ありません、アリアケ様、アリシア様。それに皆さま。見聞を広めるために冒険者をしていますから秘密にしていたんです」

そう言って彼女は申し訳なさそうに深々と頭を下げた。

確かに、彼女が大教皇の娘ともなれば、冒険者稼業などできるわけもない。

「ところで話は変わるのですが、お母様」

「何かしら、ローレライちゃん？」

「先ほどお会いしたときに、アリシア様に、『結婚式の日取りは決まりましたか？』といった趣旨のご発言があったと思うのですが、あれはどういう意味なのでしょうか？」

「うっ」

先ほど心の同志になった、アリシアがなぜか潰れたカエルのような声を上げた。

「ああ、それはね、それはね！」

ウキウキした様子で大教皇が話し出そうとするが、

「ひえええ!?　聖女さんチョークスリーパァァァアアアアアア！」

アリシアはあろうことか、上司（国教のトップ）に締め技をかけて落とそうとする。

「あはははは！　何ですか何ですか、アリシアちゃん！　くすぐったいですよー！　こんな往来のど真ん中で～♫」

「化け物ですか!?」

首を絞められても平然と笑っている大教皇に、アリシアは困惑しつつ、

「ああ、もう！　っていうか、大教皇様こそ何なんですか！　あんな手紙をいきなり寄越して！　私とアリアケさんは別に結婚なんてしなっ……！」

そう言いかける。

だが、

(む？　アリシアはさっき打合せをしたことを忘れてるみたいだな)

俺は急いで口をはさんだ。

「ああ、その件だがな、大教皇リズレット・アルカノン。俺としては今週中にでも、アリシアと式を挙げる予定だ」

俺はそう口を差し挟んだのである。

そう、俺とアリシアは聖都に来るまでに打合せをしていた。

アリシアに送られた手紙から、教会に何か起こっていることは確実である。そしてアリシアは教会の序列第3位としてどうしてもその件の解決に向かわなくてはならない。

俺としては世話になっている彼女のためにひと肌脱ぎたかった。

無論、だから結婚するなんてことはさすがにアリシアも嫌だろうし、不可能だが、彼女のために方便を使う。要するにいったん相手の策にのって結婚すると言って、教会の真意を探る作戦を立てたのだ。

まぁ、偽装結婚みたいなものだな。

なので、なぜかアリシアがいきなり結婚の話を、いつも冷静な彼女が、まるで恋する乙女が好きな男子を当てられてテンぱって否定してしまうような、そんなリアクションをしたのには少し驚いたのだが……。

そんなわけで俺はとっさに口をはさんだわけだが、アリシアはというと、やはり何を言われたのか分からない、といった表情で、ポカンとしてから、みるみる顔を赤く……というか、全身を真っ赤にすると、

「な、な、な、にゃにを……私とアリアケさんが、け、け、け……けっこここここ、はにゃにゃにゃにゃにゃ!?」

目をぐるぐると回し始めた。

「にゃははは、やはり無理じゃったか。打合せの時の冷静さで、もしかしてコレいけるんじゃね!? と思ったのじゃが」

「はい、コレットお姉様。やはり無理でしたねぇ」

コレットとラッカライが何だか生温かい目でアリシアの方を見ていた。

(う―ん、何がどうして無理なのかさっぱり分からん……)

打合せの時は多少早口だったような気もしたが、趣旨も作戦内容も完全に了解してくれていたのに。

なぜか、本番では……。

まるで純朴な恋する少女のように瞳をうるませて、頬を染めながら俺の方を上目づかいで見ているのだった。

まるで本当に俺が求婚したように……、

「お、驚きました！　まさかお二人が結婚されるなんて！　ですが、おめでとうございます！　アリアケ様、アリシア様！」

ローレライが驚きと喜びの声を上げた。

「あ、あうあうあうあうあう〜」

一方の聖女はもはや何を言っているのか分からない。

「あらあら！　でも、なんだか聖女アリシアの様子は何か変ではないかしら！」

と、アリシアの様子を見て、大教皇リズレットがビシーッと疑問を呈《てい》した。

「なーんかてんぱってて、照れてるのとも違うっていう気がして、怪しいわね〜。何か証拠を見せてもらえないかしら！」

「ふうむ、証拠と言われてもな」

俺は困惑する。

と、そんな会話に賢者パーティーの面々が口を開き、

「我としては、やはりここはキスではないのかと思うのだがのう」

「フェンリルよ、それは奥手のアリシアには無理なのじゃ。心臓が爆発してしまうかもしれぬ。ここはまずハグからでどうじゃろう？」

「コレットお姉様、でもそれも同じくらい心臓に負荷をかけてしまいそうだとボクは思いますので、とりあえず手を握るくらいからでいいのでは？」

「お待ちください、ラッカライさん。それだとまるでお付き合いしたてのカップルみたいで、あんまり説得力がありません。ここは、ええ……」

ローレライは吟味《ぎんみ》したのちに、

「お互いを『ダーリン』『ハニー』と呼び合う。これでいかがでしょうか？」

おー、と俺とアリシアを除くメンバーから感心の声と拍手が巻き起こった。

「さすが我が娘、天才ね！　さあ、証拠を見せてもらいましょう。大聖女アリシア。大賢者アリアケ！　さあ、早く。ああ、あの聖女アリシアちゃんが『ダーリン』だなんて！　ハァハァ……」

「一体、どういう状況なんだ……」

なぜか、いつの間にか羞恥プレイを強いられているような気がする。

なかなか俺がこう追い詰められることはないのだが……。やはり恋愛や結婚とは奥が深い。

(まあ、なぜか俺は、アリシアに『ダーリン』と呼ばれるのに特に抵抗がないのだが)

そう呼ばれるのは誰でも良いというわけではない。

それが何だか俺には初めて感じる、不思議な感覚であった。

まあ、そんな感想はともかく、呼び方で偽装結婚がバレないのであればやむを得まい。

「いいな、アリシア？」

「へっ!?　はええ!?　良いとは!?」

相変わらずアリシアはお目目をぐるぐるしながら、普段は美しい真っ白な肌を、今は全身ピンク色に染めている状態だ。しかし、これ以上怪しまれるわけにもいくまい。

「ハニー、どうしたんだ、顔が真っ赤だぞ？」

「は、はえええええええ!?」

アリシアが変な声を出した。

「ん？　どうしたんだ、ハニー？」

俺の言葉に、

「にゃ、にゃんだか夢が急にかなってて訳が分かりません!?　これはにゃんなんでしょうか!?　なんですかこれ？　どういう状況ですか!?　えっ!?　えっ!?　はえええ!?」

やれやれ。俺は首を横に振る。

「結婚するんだから、ハニーと言うのは当然だろう。さあ、お前も俺のことをダーリンと呼んでくれ」

「そ、そんな、アリアケさんのことを、そんな風に、言うなんて……」

「俺が夫ではいやなのか？」

「い、嫌なわけないですぅ！　む、むしろ本懐といいますか、小さい頃からの夢と申しますか、家は庭付きの一戸建てで子供は3人くらいでゴニョゴニョ」

「なら、ほら、言ってみろ。別に何度も言わなくていい。一言いえば、リズレットも納得するだろう」

俺の言葉に、アリシアは目を潤ませて、おずおずとした様子で、

「ダ、ダーリン……」

そう言って俺の服の裾をつかんで、さっと俺の後ろに隠れたのであった。

それは小さなころ、リットンデ村で幼馴染だった彼女が、何か恥ずかしいことや失敗があった時に、俺の後ろに隠れる仕草のままであった。


「ふむふむ、聖女アリシアがあそこまで言うのですから間違いはなさそうですね！　いや、おめでたい！　そして我が教会にとっても最大の福音です！　ようこそ大賢者アリアケ・ミハマ！　ブリギッテ教会はあなたを歓迎しますよ！」

大教皇がテンション高めに言った。

いちおう納得したようだな。

と、少し安心していると、ローレライが口を開いた。

「ところで、素朴な疑問なのですが、アリシア様以外もアリアケ様に、その、アレな感情をお持ちだと思うのですが、アリシア様を尊重されるのはなぜなのですか？　いえ、これは純粋な疑問なのですが」

アレな感情？

俺は完全に理解不能で首をかしげるばかりだが、他のメンバーには完全に伝わっているようだ。

まったく、女性陣の会話というのは、男性には全くもって難しいものだなぁ。

「そういう誓約を結んでおるのじゃよ。アリシアが一番出会ったのが早いから、一番手なのじゃ。順番制になっておるのじゃよ」

「それゆえ早くくっついていってもらわねば自分の番が回ってこぬのよ。まぁ我は膝の上でぬくぬくさせてもらえれば文句はないのだがの」

「まあ、ボクもそれほど焦っているわけではないですが、とりあえずそういう誓約をしていまして……」

「なるほど。そうだったんですね」

ローレライは納得したと頷いてから、

「ということは私は二番目なのでしょうか？」

「「「…………え？」」」

彼女の言葉に、他のメンバーが虚を突かれたように声を上げた。

「出会った順番でしたら、私が二番目ですので」

「えーっと、待て、待つのじゃ。いちおう儂が二番手で……」

「出会った順番ではないんですか？」

「う、うむ！　えーっと、『総合評価』なのじゃ！」

「そうだったんですね、分かりました」

ローレライは承知したとばかりに頷いた。

一方のコレットは、何か決して油断できない対象を見つけたかのように、まじまじとローレライを見ていた。

まぁ、目の前で一体何の相談がなされているか、さっぱり分からんのだが……。

少なくとも俺には余り関係のない話だろう。

それはともかく、

「で、なぜ俺とアリシアを結婚させようとしたんだ？」

俺は大教皇に探りを入れてみた。

「そうですね、それはしかるべき時と場所でお話ししましょう。少なくとも、こんな往来で話す内容じゃないですからね！」

きっぱりと拒絶されてしまった。

事態は結構込み入っていそうだな。

「やれやれ、これはなかなか……」

俺は天性の直感で事態の深さの本質を察する。

そして、とりあえず面倒くさそうだなぁと嘆息した。

俺がいかに万能であろうとも、別にそれで手間暇がなくなるわけではないからなぁ。

と、そんなやりとりをしていた時である。

「ゲシュペント・ドラゴンの襲撃だ！！！　あと10分で接近遭遇！　聖都『セプテノ』第1種戦闘態勢！！！」

神官兵たちの警告が聖都へと鳴り響いたのであった。

「説明の手間が省けたみたいね」

「やはり闇が深そうだな……。やれやれ」

テンションの高いリズレットの横で、一方の俺は呆れたように肩をすくめたのだった。それにしても、ゲシュペント・ドラゴン。コレットの同族か。

そんなことを考えていると、少し遠くでローレライとラッカライが、

「アリアケ様はさすがですね。突然の出来事にもまったく動じられません」

「まあ、先生ですからね～」

そんな会話をしているのが少し耳に入った。

～ゲシュペント・ドラゴン『シャーロット・デュープロイシス』視点～

「シャーロット様！　人間たちが私たちの接近に気づいて、戦闘態勢に入ったようですよ！」

隣を飛ぶ俺の副官である、フレッドの言葉に、

「ふん。塵芥《ちりあくた》どもが群れても何もできぬであろう」

この俺。

ゲシュペント・ドラゴンの王、シャーロット・デュープロイシスはその数十メートルに及ぶ巨軀《きょく》を青天にひるがえしながら、ついついあくびをかみ殺す。

「それにしても、人間ごときが、この俺、黄金竜にたてつこうとは、笑い殺す気であろうか？」

俺は本当に彼らが何を考えているのか理解できずに首をひねる。

そして、もう一度、今度は本当に『ふわぁ』とあくびをした。

俺は地面に這いつくばるようにして、こちらに武器を掲げる人間たちを見下ろす。

「何の興味もわかない。歩くときにアリを気にする者がいないのと同じか」

そんなことをつぶやく。

すると隣のフレッドが、

「シャーロット様、しっかりしてくださいよ。ほら、攻撃してくるかもしれませんよ。あと、今回の目的を忘れないでくださいよ？」

「やれやれ、フレッドよ、分かっておるわ。だが、あのような非力な存在たちが本当に俺たちを撃退できると思っているのかと思うと……哀れなものだな」

「まぁ、そうですけどね」

フレッドがため息をついた。

上位種族たる我らドラゴン種族が、人ごとき下位種族にかまけていること自体、やや滑稽《こっけい》なことだ。

なぜならば、

「ここからブレスでも吐けば、それで聖都『セプテノ』は灰燼《かいじん》に帰《き》すのだからな」

そう、それが事実だ。

選ばれし種族、我らゲシュペント・ドラゴンの翼には、人は誰も手を届かせることができないし、圧倒的な魔力は彼らの稚拙な攻撃魔法を全て弾いてしまう。

ゆえに最強。

誰も自分たちを傷つけることはできないのだ。

ゆえに退屈。

今回の遠征もすぐに目的を達してしまうことになるだろう。

なぜなら、彼らの意思など、我らの力の前にはあってないようなものなのだから。

「それよりも、今回の『地下封印遺物《アビス》』の結界が解けかかっているという情報、本当なのだろうな？」

「調べさせましたが、間違いないようですよ。やはり人間ごときでは無理だったみたいですね～。まあ300年封印したんだから、もった方じゃないですか？」

「まったく、封印すらできぬとは、嘆かわしい」

俺は嘆息する。

そんな心の動きに少し驚いた。

人間ごときに俺が少しでも期待していたことに気づいたからだ。

300年前の盟約。

人と交わした盟約を今でも覚えている。

だが、それは人間たちが封印を続けられることが条件だった。

もしできないのならば、

「かの地ごと俺たちが大地を消し去ろう」

それをしないための盟約だった。だが、フレッドの情報によれば、その結界封印にはほころびが出始めている。封印が解放されるのも時間の問題だという。ならば、

「盟約はここに破棄された。先に破棄したのはお前たちだ人族よ」

「では、まずはどうされますか？」

どうするか？　決まっている。

「まずは大地の表層を俺のブレスで全て除去する。その後、地下封印遺物へ赴き、空間ごと破壊しつくそう」

「名案ですね」

「では早速始めるとしようか」

聖都『セプテノ』の上空から、俺はこの世界に君臨する者として睥睨《へいげい》する。人を哀れむ気持ちは少しはある。

彼らは非力なだけで罪はない。ただ、俺のように空を飛べず、この魔力の壁を突破することはできず、俺に触れることすら叶わないだけだ。

「さらばだ、人間た……」

「なんだ、もう帰るのか？」

「……なに？」

俺は吐こうとしていたブレスを思わず中断する。

声など聞こえて来るわけないからだ。

「ここは、空は、我らドラゴンの領域！　そんな聖域に土足で踏み入る者がいては良いわけがっ……！」

「残念ながら」

その男は、腕組みをしながら俺の……、このゲシュペント・ドラゴンの前に悠然と浮かびながら余裕の笑みを浮かべていた。

俺の神域を我が物顔でっ……！

「ここはお前の庭などではないぞ、トカゲの王よ。お前が何をしに来たのか、聞いてやってもいい。ひとまず地上に降りて、会話でもしないか？　もし、俺の言葉が理解できるのならばな。外交という言葉を知っているか？」

「なっ!?」

ドラゴンを前にして。

何よりも、神竜と呼ばれた自分を前にして、あり得ない言葉を並びたてられたことで、俺は思わず呻《うめ》き、混乱してしまう。

何百年となかった心の動きに俺は戸惑う。

だが、そんな混乱している俺に、フレッドが慌てたように言った。

「そ、その男ですよ！　シャーロット様！　その男がアリアケ・ミハマです！　コレット様が付き従っているという！」

「なにぃいいいい!?」

俺はガツンと頭を殴られたように、意識をはっきりさせる。

そう、今回の遠征の目的は二つある。

一つは聖都『セプテノ』の地下封印遺物の結界が弱まっているから、これを封印遺物ごと排除すること。

そして、もう一つ。

「1000年ぶりに見つかった我が娘、コレットを取り返すことだ！」

俺は思わず叫んでから、

「手間が省けたぞ！　許さんぞ、アリアケ・ミハマ！　無理やり隷属させている我が娘、コレットを返してもらうぞ！　下等な人族めが！」

だが、アリアケは、「はぁ？」と怪訝《けげん》そうな瞳を、この王たる俺に向けてから、

「？　何を言っているんだお前？　囚われていたコレットを救った時に彼女が俺を乗り手として認めてくれたんだが？　だから、お前にとやかく言われることじゃない……んだが、お前ってコレットの親なのか？」

なぁ!?

「う、嘘をつくな！　お前ごとき人族がゲシュペント・ドラゴンの我が娘の乗り手なわけがない！

認めんぞ、絶対に認めん！」

しかし、奴はあろうことか俺を呆れたとばかりに目を細めると、

「やれやれ、頭の固い親というのは、種族を問わず話にならんなぁ。まぁ、コレットには悪いが、あいつの親とはいえ、少しお仕置きをしてから地上に連れて行って、それから対話することとしようか」

「お、おのれえええええ！　人間ごときがぁあああああああ！　許さんぞぉぉおおおおおおおお！」

俺は目の前の人間。怨敵《おんてき》アリアケ・ミハマに絶叫する。

そして、同時に先ほど中断したブレスを、最大限の火力まで高めていく。

「シャ、シャーロット様！　落ち着いてくださいよ!?」

「黙れ！　ドラゴンの誇りを汚されて黙っていられるものかぁ！」

「やれやれ。こうも簡単にターゲットを変えることに成功できるとはな。ふっ、短気は損気だぞ？俺の手の平の上で踊るのは楽しいか？」

し、死ねえええええええええ！

俺はこの空間ごと破壊する、地上最強のブレスをアリアケ・ミハマという、たかが一介の人間一人に発射したのである。

～アリアケ視点～

「死ねええええええええええええええええ」

ドラゴンの王の絶叫とともに、その口からは聖都すらも一撃で灰燼に帰すであろうブレスが放射されようとする。

普通の人間ならば……。

いや、この世に存在する何であろうとも、そのブレスを浴びれば、この世にとどまることはできないだろう。

それほどの魔力量。

ゲシュペント・ドラゴンが神とすら言われる理由。

だが、

「《無敵付与》」

俺は落ち着いて自身へ、スキルを行使する。

しかし、

「馬鹿め！　馬鹿めが！　しょせんは卑小な人の仔《こ》よ！　俺のブレスは《無敵》なぞ効かぬ！　無敵を無効化して、お前の身を蒸発させる！　さあ、この竜王に無礼な口を吐いたお前の罪ごと、疾《と》くこの地上から消え失せるが良い！」

竜王シャーロットが嘲《あざけ》りの声を上げながら、ついにブレスを俺に向かって発射した。

だが、

「まぁ慌てるな、騒がしい竜の王よ。俺のスキルはまだ途中だ」

俺は余裕の笑みを絶やすことなく、

「《無敵》スキルに《対竜種特防》を付与する」

その瞬間、俺の体からまばゆい光が輝きだした。

それは《無敵》スキルの亜種スキル。

人がドラゴンと戦うという究極状況のみで使用する、存在すら認知されていない究極的希少スキルの一つだ。

その美しき光輝は俺を包み込むと、正面から迫る、あらゆる物質や概念を焼却する神竜ゲシュペント・ドラゴンの一撃をまともに受けとめるのと同時に、その膨大なブレスの魔力を一切通過させず、完全に無効化したのであった。

俺の無敵スキルと、竜のブレスが無効化の衝撃で弾けて、まるで花びらのように魔力の切れ端がヒラヒラと舞った。

「ばっ、馬鹿なあ！　俺のブレスが!?　この地上一帯を、聖都『セプテノ』や地下封印遺物すらも、根こそぎ消滅させられるほどの威力なのだぞ！」

竜はぎりぎりと牙をかみしめ、悔しそうに呻くが、

「どうした、もう一度するか？　などと言うつもりはなくてな。俺はお前と争うつもりはない。ど

うだ、とりあえずここは痛み分けということにして、なぜここに来たのか詳しく話を聞かせてもらうというのは……」

「痛み分けだと!?　この竜王に情けをかけるつもりかぁ！」

「えっ？　いや、そんなつもりはないんだが……」

本気のブレスを防がれたことで、俺が情けをかけていると思われてしまったようだ。

単に無益な戦闘をするのを避けたいだけなのだが。

本当に強い者は、闇雲に力を見せる必要はないし、無用な争いを回避するものなのだから、強者たる俺が争いを回避しようと交渉を持ち掛けることは普通のことなのだが……。

だが、そのことが、地上最強、神竜とまで言われた、目の前のドラゴン、シャーロット王には耐えられない屈辱と捉えられたらしい。

(やれやれ、強すぎるというのも難点だな)

こうして、最強と信じていた輩の自信を喪失させてしまって、相手を思わぬところで不快にさせてしまうのだから。

「勝ちすぎてしまう弊害《へいがい》か」

そうつぶやいた。

さて、ではどうするべきか。

俺が次の一手を考え始めた、その時である。

「父上ええええええええええええええええええええ！」

バサリ！

そんな翼をはためかせる音とともに、

「コレット・デュープロイシスかっ！」

遥か上空からコレットがドラゴンの姿で急降下してきたのである。

そして、

「我が娘よ！　会いたかったぞ！　さあ、１０００年ぶりに我が父の胸に飛び込んでっ……！」

「儂の想い人に何やってくれとるのじゃぁああああああああ！」

バッキイイイイイイイイイイイイイイイイイイ！

「ぐはああああああああああああああああ!?」

「うわぁ……」

俺はいきなりの展開に傍観するしかない。

いきなり現れたコレットは、あろうことか、自分の父親に、

「ゲシュペント・ドラゴン・アルティメット・キーック！」

と叫びながら、思いっきり蹴りを放ったからである。

父親は完全に抱擁《ほうよう》しようと油断していたためか、その娘の一撃を受けて、気を失ったのか、きりもみ回転しながら地上へと落下していったのである。

「儂はコレット・デュープロイシス。大賢者アリアケ・ミハマを唯一の乗り手と認めた神竜！　たとえ父上といえども、儂のみそめし大切な人を傷つけようとすれば、このコレットは竜の誇りにか

けて、何物にも代えて、我が旦那様を終生守ろうぞ！」

グオオオオオオオオオオオオオオン！

そんな咆哮《ほうこう》とともに、その咆哮に込められた念話が、聖都『セプテノ』へと響き渡ったのであった。

ちなみに、地上に戻った時に、

「うむむむ、許さぬ。許さぬぞ。人間となんて許さんぞ……。付き合うなら俺に勝ってから……。いや、だがさっき俺のブレスを……いやいや、あれはまぐれで……」

と、意識を取り戻し、なぜか、いちおう暴れるのをやめてくれたシャーロット王が、何やらブツブツとぼやいている姿と、

「いやぁ、それにしてもよ、あのドラゴンの娘、聖都の中心で愛を叫んでおったのう、わははは愉快よのう」

「本当にコレットお姉様ったら大胆です！　ボク憧れちゃうなぁ！」

「うう、可愛い上に男前だなんて。さすがコレットちゃんです。ていうか、コレットちゃんにまで一歩先を行かれてしまいました！　ううう」

「なるほど、告白とはああやるんですね！　勉強になりました！」

「……ん？　あの、すみませんローレライさん。その勉強をもしかして近く活《い》かされるおつもりですか？」

「？」

妙に感心しているフェンリルと、顔を赤くしているラッカライ、そして落ち込んだり、ローレライになぜか疑心暗鬼気味の目を向けるアリシアたちが、そんな会話をしていたのだった。

よく意味は分からなかったが。

(何はともあれ、想定外の展開ではあるが、いちおう少しは彼らと会話ができそうだな)

そんな感慨を持ちながら、集まってきた大教皇リズレットを加えて、ドラゴンたちとの会話が始まった。

俺は今、臨時で設けられた外交のテーブルに座っていた。

ここは聖都『セプテノ』から少し距離のある場所に建てられた離宮であり、賓客《ひんきゃく》などをもてなすための場所だ。

そこには、聖都『セプテノ』を破壊しようと襲来したゲシュペント・ドラゴンの王『シャーロット・デュープロイシス』とその腹心『フレッド』が対面に座っていた。

一方、人間側も聖都の重鎮たち、そして俺たち賢者パーティーがそろい踏みし、今後のことについて話し合いが持たれる予定であった。

しかし……、

「この馬鹿娘め！　そんな人間のどこが良いというのだ！　目を覚まさぬか、コレット！　我が娘よ!!　せっかく再会できたというのに、この親不孝者めが！」

「いかに父上といえども、その言葉は聞けぬのじゃ！　なんで分かってくれぬのじゃ！　さっきも話したじゃろ？　旦那様は儂の唯一の乗り手！　儂を救ってくれた恩人でもあるのじゃから！　儂は一生旦那様と一緒にいると誓ったのじゃ！　ラブラブなのじゃ！」

「ラブラブだとおおおお！　父は！　父は許さんぞ！」

「父上の許しなどいらぬのじゃ！　のじゃのじゃ、プイ！」

先ほどからずっと激しい親子喧嘩の真っ最中なのであった。

ちなみに、俺がここにいる理由は、大教皇リズレット・アルカノンに、この聖都を救った英雄として、ぜひこの協議の場に同席をお願いされたからだ。その要請に俺は、アリシアを助けることにもつながると思い出席しているのである。

人とドラゴンの外交の歴史は長く、険しい。時に両者が血で血を洗う戦いを起こしたこともある。だから、人類の切り札である俺を引っ張りだした大教皇リズレットの思惑は理解できた。どうしてもドラゴンの強大な力に人類は見劣りするから、外交交渉を有利に進めるために俺という超越的な存在が、控えめに言って人類には必要だからだ。

なのだが、

「人間ごときにほだされおって！　父は許さぬ！　軟弱な人間に娘はやれぬ！」

「旦那様は軟弱ではないわい！　儂をかっこよく王子様のように助けてくれたのじゃ！　今思い出しても、くううう、かっこいいのじゃ。……それにそれに、さっき父上にも旦那様は勝利したのじゃ！　父上自慢のブレスを余裕で防いでいたのじゃ！　さすが旦那様！　儂の旦那様は世界一なのじゃ！」

「あ、あれは違う！　そう違うぞ！　本気じゃなかったからな！　ちゃんとした戦いで俺を倒さぬ限り、娘は絶対にやらんからな！」

「この頑固父上！　じゃが、旦那様は100回やったら100回父上に勝つのじゃ！　だって旦那様なのじゃからな！　のじゃ！」

「馬鹿娘が！　そんなわけあるまい！　そんなことがあったら尻尾で皿を回してくれるわ！」

バチバチと。

両者の間で火花が散った。

うーむ、どうしたものかなぁ。

と、そこに。

「あの、ちょっとだけいいですか？」

そんな犬も食わない親子喧嘩の間に、ローレライがあっさりと口をはさんだのだった。

さすが、これくらいできないと、大教皇の娘なんてやってられないのかもしれないなぁ、と妙に感心した俺である。

「ところでコレットさん。本題に行く前に一つだけ質問なんですが」

ローレライはそう前置きしてから、

「どうして、この方をさっきから父上と呼ばれてるんですか？　それが私、さっきから気になって

気になっているのですが」

「んん？　俺のことをか？」

彼は……。いや、そう彼女は、首をかしげてから自分の人としての体を見下ろした。

ドラゴンの巨体のままでは離宮に入ることはできない。だから彼らは人化して入室してきたわけだが、

「俺がいつオスだと言った？」

「でも俺とか言ってますし、父上とか言われてるじゃないですか？」

「王は尊大に振る舞うものだ。礼儀正しくするのは、そうだな、この隣に座るフレッドの仕事といったところか。それに父上というのは、同胞の頂点ゆえ、尊称で呼ばせているにすぎぬ。分かったか、大教皇リズレット・アルカノンの娘よ」

「そうだったんですか」

ローレライは納得して頷いた。

俺はもう一度シャーロットの方を見る。

俺もてっきり最初は男性《オス》だと思ったのだが……。

人化したシャーロットは、胸の大きくあいたドレスのような服をきていて、また、コレットと同じ赤銅のような、長く美しい髪を伸ばしていた。

完全に女性《メス》のようだ。

そもそもシャーロットというのは女性名だしな。

「ふん、話の腰を折られたわ。いや、あえて折ったのか？　ふん、まあ良い。アリアケとやらが俺のブレスを防いだのは事実。だが、正式に俺と戦って勝たぬ限り娘はやらぬ！　これはゲシュペント・ドラゴンの王としての矜持の問題だ！　１００回やれば、１００回貴様が勝つというのなら、この勝負受けるがいい、小僧……。いいや、大賢者アリアケよ！」

ふ、なるほどな。ドラゴンとして負けるわけにはいかないということか。

力を誇りにするドラゴンの思考としては当然だな。

「まぁ、確かに俺が勝利したとまでは言えない。最後に地上にシャーロット王を落としたのはコレットだしな」

それにあんな局所的な勝利は大局的には別に意味はない。ゆえにこだわるつもりはない。

「む！　そうだ、その通りだ！　お前、いや大賢者よ、なかなか分をわきまえているではないか！」

獰猛な笑みを浮かべて笑う。

「……ただ一つだけ言っておきたいことがあるんだが」

「なんだ？」

しかし俺は一点だけ訂正しようとする。

先ほどからなぜか、コレットの言葉をシャーロット王は曲解し、まるでコレットが俺に惚れていて、結婚を希望しているかのように思い込んでいるのだ。

だからその誤解を解こうとして、

「彼女に好意を持たれているのは確かだが、彼女の言葉というのは非常に極端なだけでな。俺たちは決してそういう仲では……」

そう言いかけたところで、

「分かりました。では本題に行きましょう。その戦いにこの聖都の命運をかけてはどうでしょうか？　そして勝利した暁にはコレットさんとの結婚も認める。そうすれば全て丸く収まります。ねえ、お母様？」

「いいわね！　さすがローレライちゃん！　我が愛娘！」

「は？」

俺が言葉を発する前に、二人が意味不明なことを言い始めた。

俺は疑問を口にする。

「いきなり何を言い出すんだ、ローレライ。それに大教皇よ……。なぜ俺とシャーロット王の戦いに聖都の命運が関係ある？」

「それはあなたにかけるのが一番分《ぶ》がいいからに決まってるからよね！　あなたをおいてこの窮地《きゅうち》を救える人は世界中見渡したっていないのだから！」

そう力強く言い切る。

いや、それはそうなのだろうが……。

「シャーロット王、今回聖都にやって来た目的は、『地下封印遺物《アビス》』の封印が解けかかっているからら。そのために私たち人間とドラゴンの盟約をこちらが破棄したと断じたからね？」

アビスに地下封印遺物か。それが俺とアリシアを政略結婚させようとしたきっかけである、教会の危機とやらの正体なのだろう。

「その通りだ。そなたら軟弱な人族に、やはりアビスの封印を任せ続けることは危険……」

「なら、問題ないわね！　だって、あなたと対抗しうる存在、私たち人類の切り札であり、救世主たるアリアケ・ミハマ君が、アビスを再封印するのですから！」

「なに！　こやつがアビスの封印を!?」

「その通りよ！　もしあなたにアリアケ君が勝てば、私たち人類がアビス封印の担い手としてふさわしいことの証明になるでしょう？」

「むむ、確かに……。万が一だが……もし、俺より強い者が封印するというのなら文句はない……」

いやいや。

お前は俺を認めていないんじゃなかったのか？

「良かろう！」

そう勢いよく、シャーロット王は咆哮するように言ってから、

「この俺を倒し、アビスを封じ、人族を救って見せよ、大賢者アリアケ・ミハマよ！　そして、万が一、万が一だが、もしも俺を倒したその暁には！　人の仔よ！　我が娘、コレット・デュープロイシスを伴侶として迎え、我らドラゴンと人族の平和と共栄の象徴となるがいい！」

そう宣言したのであった。

「いやいや、そんな政略結婚みたいなのは、コレットも嫌がって……」

「ぬわんと!?　旦那様は絶対勝つから、儂ってば旦那様と絶対結婚できるのじゃ!?」

「あれ？　嫌じゃないのか？」

「何を言うか旦那様！　やったのじゃやったのじゃ！　それに儂は末姫ゆえ政略結婚みたいなもんには慣れておる！　あっ、もちろん旦那様とは政略結婚じゃなくても、もちろんそのう、あれじゃぞ？　ずっと一緒におるつもりだったのじゃぞ？　きゃっ！」

俺はよく分からずに混乱する。本当に女心は分からない……ので、一旦置いておこう。

思考をシャーロット王との戦いとやらに向ける。

とはいえ、戦いに関しては、まぁ、無論負ける気はないが……。何はともあれ、

「お前らちょっと落ち着かんか」

俺は呆れた調子で言う。いくら何でも勢いで決めすぎだろう？　もちろん、俺が戦えば勝利はするが……。

だが、

「そうですよ、皆さん、ちょっと落ち着きませんか」

そう同調して言ったのは、ドラゴンのフレッドであった。彼は朗《ほが》らかな調子で言葉を紡ぐ。

「シャーロット王よ、そのような戦いで私たちの命運を決するのはよくありません。今回の遠征の目的である『家出したコ、い、い、いレットお嬢様』を発見したのですから、あとは当初の目的通り、人族を排除したうえで、地下封印遺物を我らドラゴン種族によって破壊しましょう。大丈夫です、王の力な

らそれが可能です」

「フレッド。ふうむ……」

シャーロットが考え込む。

すると、そのフレッドに向かって、コレットがなぜか不思議そうな声で言った。

「フレッドよ、そなた今、儂のことを『家出した』と言ったか？」

「はい、そうですが？」

ふむ、と彼女は首をかしげながら、

「儂はドラゴンの権能の弱さゆえ、追放されたんじゃが？」

「何、それは本当か!?」

コレットの言葉にシャーロット王は初めて聞いたとばかりに驚く。

そう、彼女はドラゴンの四つの権能。『長大な寿命』『自己再生』『破壊力』『空の支配』これらが余りにも弱いためにドラゴンの里を追放され、その後あの魔導士に捕縛されたのである。まぁ、本当はそういう呪いがかかっていたのだが。

しかし、

「ははは！」

フレッドが張り付いたような微笑みを浮かべたまま言った。

「御冗談を、何をおっしゃいますか、コレットお嬢様！　直系の姫にそのような仕打ちをする訳がありません！　シャーロット王よ、コレットお嬢様はどうやらまだご立腹の様子。追い出されたと当てつけをされているのです。少し時を置いて冷静になってから再度お話をされた方が宜しいでしょう」

「むむ？　儂は本当のことを言っておるのじゃが？」

コレットは反論するが、

「ふむ。ここは外交の場。確かに日を改めて親子の事は冷静に話し合った方が良いだろう」

シャーロット王は納得する。

「だが、それはそれとして、フレッドよ、俺は決めたぞ！　アリアケと決闘し、アビスの扱いを決めることにする！　これは王の決定である！」

「……そう、ですか……。はは、かしこまりました王よ。……それに余り長居すべきではなさそうだ」

フレッドが何やらブツブツと言っているがよく聞こえない。

「ではな、救世主、大賢者アリアケよ！　また後日、そなたとは『聖都』、いや世界の命運をかけて正々堂々と勝負しようではないか！　俺もドラゴンの誇りをかけて戦うぞ！　人族の英雄よ！」

やれやれ。

俺は嘆息する。

思った通り厄介ごとに巻き込まれてしまったようだが、

「シャーロット王よ。まだ俺には事態がよく呑み込めていないが、人類と竜族の命運がかかっているというのなら、俺が戦わざるをえまい。いいだろう、後日相応しき場で、人の矛にてドラゴンの王よ、お前を空から打ち落とそう」

俺くらいにしかこの難局を乗り越えられる者はいまい。

選ばれた人間というのはこういう苦労を背負いこまねばならないから難儀だ。はぁ。

「ふははっはあっはは！　それでこそ人の英雄よ！　気概のある！　だがまだ認めておらんからな！　まだコレットをやると決めたわけではない！　そこんところを勘違いするでないぞ、人間！」

「いや、そこは、そちらが大いに勘違いを……」

「はーっはっはっはっは！　ではな！」

そう言って、シャーロット王は立ち上がると、なぜか上機嫌で部屋から立ち去って行った。

フレッドはそのあとを追い、最後にちらりと俺と、コレットの顔を見てから、立ち去って行った。

ちなみにその後姿を見ながら、

「これで順番が一つ進みますね。なんでも順番制とのことですから」

「こ、こやつ……まさか……」

呟くコレットの姿に、フェンリルが珍しく戦慄の目を向けていたりした。

「ああ、大変だわ！」

と、次は、大教皇リズレットが今気づいたとばかりに悲鳴をあげた。

「まったく、次から次になんだ。今更、ことの大きさに気づいたのか、大教皇？」

「そう、そうなのよ、いやー、まいったわねー」

リズレットは焦りながら、

「大聖女とゲシュペント・ドラゴンのお姫様とのダブル結婚ってことでしょう！　ちょっとこれは普通の教会で式を挙げるだけでは足らないわね!!」

「『はぁ??』」

俺とアリシアの疑問に、リズレットは自信満々といった風に、

「でも大丈夫！　なら聖都『セプテノ』全土をあげての結婚式にしちゃえばいいんだから！　安心してね♪　財務長官！　会計主管！　誰かある誰かある！」

「安心できる要素が一つもないんだが!?」

俺は思わずツッコんでしまう。

だが、彼女の爆弾発言はそれでは終わらなかった。

「それにそれに、アリシアちゃんのご両親にもそのあたり説明しておかなくっちゃ！」

「……へ？」

アリシアの素っ頓狂な声が響いた。

「ご両親？　へ？　どうしてお父様とお母様の話が出てくるんですか？」

「あれ？」

リズレットは首をかしげてから、

「言ってませんでしたか？　結婚するんだから、やはりまずご両親に説明しないといけないでしょう。だから気を利かせて、あらかじめお呼びしておいたんですが？」

「ぜんっぜん、聞いてませんよ！　このアンポンタン大教皇様!?」

今度はアリシアの悲鳴が響いたのであった。

さて、俺たちは今、聖都『セプテノ』にあるアリシアの屋敷へと向かっていた。

大教皇リズレットには、白き少女フォルトゥナと遭遇したことなどは、簡単には伝えてある。

俺としてはそのまま詳細な報告をしても良かったんだが……。

「タフすぎますよ、先生。ゲシュペント・ドラゴンとの戦闘後なんですよ！」

ラッカライが少し呆れた調子で言った。

むう、そうだろうか？

俺が腑に落ちない顔つきをしていると、フェンリルが、

「というか、我らはそもそも聖都へ到着したところだったゆえな。昼過ぎに到着して、聖都をゲシュペント・ドラゴンの襲撃から救い、そのあとは彼らとの外交会談を行い、主様をこちらの代表に立てることで何とかドラゴンたちを退かせることに成功した。まだ半日しかたっとらんのに、何回人類を救うのかの。なのでほれ、時刻はもう夕方よ」

「そうなのじゃ！　旦那様はかるーく救世主みたいなことしちゃってるんじゃから、そろそろ休むべきなのじゃぞ？」

そんなものかね。俺としては、さほどのことをしたつもりもないのだがなぁ。

ただ、彼女たちの言葉に嘘偽りはないようで、同じ気持ちだったらしい大教皇からも、俺をねぎ

らって、今日はとりあえずアリシアの屋敷で一泊してから、また明日、教会本部へ出向き詳細な報告をして欲しいと言ってきたのである。

なので、その配慮はありがたく頂いておくことにした。

余り俺のような特別な者に、周囲がペースを合わせるのも良いことではなかろう。

（それに、なんとなく俺には事件の全貌も見えて来たしな）

というわけで、パーティーメンバー全員で、アリシアの屋敷へと向かっているわけだが、

「はわわわわ！　お、お父様とお母様が来るなんて!?　聞いてませんよ、聞いてません。どうしたらいいんですか～!?」

隣を歩くアリシアが、柄にもなく焦り倒していた。

そう、彼女の屋敷にはご両親がいる。

わざわざ、大教皇がリットンデ村から呼び寄せていたのである。

「うおおおおおおおおおん!!　良かったなぁ、アリシア！　やっと大好きなアリアケ君と結婚することができて！」

「本当よぉ～、お母さんも嬉しいわぁ！」

「ちょっ、二人とも声が大きいですよ!?　それに、やめてくださいい!?　大好きとか言わないで頂けますかっ!?」

「何を言うか！　大好きな男と結婚できてハッピーだろう!?　さあ、今日は大いに飲みまくるの

だ！」

「お母さんも今日は久しぶりに飲んじゃおうかしら〜」

「ああーん、もうこの二人はぁ……」

やれやれ。やっぱりこうなったか。

「先生、このお二人が、その……」

「ああ、そうだ。アリシアの……」

「おおっと、いきなりすみませんでしたな。ワシはアリシアの父のハルケン。それにしてもアリアケ君も久しぶりだなあ！　すっかり大きくなったようだなぁ！」

「御無沙汰しております。ハルケンさんも元気そうで……」

「ハルケンさんなどと水臭い！　お義父さんと言いなさい！　わはははははは！」

その豪放磊落《ごうほうらいらく》な性格の父親と、

「あらあら、あなたったら、はしゃぎすぎよ〜。気が早いって、アリアケ君もアリシアちゃんも困ってるわ〜」

おっとりしている母親ミザリ・ルンデブルク。

これがアリシアのご両親である。

ハルケンさんはいかにも武闘派といった筋骨隆々といった風情で、ミザリさんはアリシアと同じ色の瞳と髪を持つ優しい容姿をした人である。ミザリさんはもともと聖職者だったはずだ。

二人とも敬虔《けいけん》なブリギッテ教徒である。

「ところでアリシアちゃん知っているかしら～？」

「な、何がですか、もう……」

アリシアが落ち着こうと冷水を口に含む。

「ルンデブルクでは結婚する男性とは、一緒にお風呂に入るしきたりがあるのよ～？」

「ぶはぁ！」

勢いよく噴き出した。

「なっなっなっなっなっ……」

真っ赤になるアリシア。

「聞いたことないですよ!?　そんなの!?」

「だって初めて言うもの～。それにしてもアリシアちゃんったら、結婚するのにちょっとウブすぎないかしら～。本当に結婚するのかしら～？」

「ぎくり！　と、と、と、と、当然ですとも！」

「なら、入れるわよね～」

「そ、そんな。でも、そんな破廉恥《はれんち》なっ……！」

「あらあらあらあら、結婚したらもっと破廉恥なことしちゃったりするのよ～」

「ひーん！　何なんですか!?　なんなんですか!?　意味もなく圧が凄い！　ア、アリアケさん！

アリアケさん！　アリアケさんも何とか言ってください！」

「も～、すーぐアリアケ君に甘える～。子供のころから変わってな～い」

「甘えてません！」

やれやれ。

俺は肩をすくめる。

仕方ない、ここは一つ助け船をだしてやるとするか。

「安心しろ、アリシア」

「ア、アリアケさん」

俺を信じきった目をしている。そして、自慢ではないが、その期待を俺は裏切ったことは無い。

「俺は何もしないから信用していいぞ？」

そう言って安心させるように、フッと微笑んだのである。

「って～」

だが、アリシアは震えだすと、

「なに完璧に受け入れちゃってるんですか！　それに手を出さないって、そんな、ちょっと、もう！　意識しちゃうでしょうが!?」

「何をだ？」

「このボクネンジンめー！」

アリシアが嘆くように言った。

「わははは！　さすが我が息子！　さあ、そうと決まれば露天風呂に行ってくるがいい！　ここの風呂はでかいぞ！　と言っても強制せねばいかんだろうからな、ぬりゃあ！」

「うっひゃあ!?　放してください、お父様!?」

アリシアの悲鳴がとどろくが、そんな声はどこ吹く風と、アリシアの父ハルケンは娘を抱えて露天風呂へと連行したのであった。


「もー、うちの両親にも困ったものです」

「ははは。変わらないようで何よりじゃないか」

「変わらないのはアリアケさん、あなたもですよ！」

俺の返事にアリシアは怒ったように言った。

俺も彼女もバスタオル一枚といった格好だ。

「ちょっと、あんまり見ないでくださいよ！」

「見てない、見てない。いや、昔はお互いもっと小さかったのになぁ、と思ってな」

「しっかり見てるじゃないですか！　この馬鹿ちん！」

などと、会話をしながら、俺たちはお湯につかった。

アリシアの家は豪邸といって良く、お風呂もまた非常に広い。

「あんまり引っ付かないでくださいね！　ていうか、後ろを向いてください、後ろを！」

「ははは、分かってるさ」

そう言って、少し距離をとってから後ろを向いた。

やれやれ、最近はずいぶん打ち解けたとはいえ、さすがにお風呂に一緒に入るのは嫌だったらしい。

「すまなかったな」

「べ、別にアリアケさんが謝ることじゃないですよ。両親が勝手に……」

「そうじゃないさ」

俺は首を振り、

「偽装結婚のことだ。教会に侵入するためとはいえ、アリシア、君にとっては不本意だったかもしれないな」

「そ、それは……」

「俺はいつもちゃんと考えて行動しているつもりなんだが、よく君を怒らせてしまう。よくデリカシーが無いと怒られるしな。偽装結婚のことも、よく考えれば、君にとってはとても嫌なことだったかもしれない」

「そ、そんなことはありません」

「そうか？　まぁ許してくれるなら、ありがたい。今後もできれば、こんな俺だが一緒に旅をしてくれると助かる」

「へ？」

俺の言葉に、彼女はきょとんとした声を漏らした。

「本当は勇者パーティーを追放された時は、一人旅をする予定だったが……」

俺は目をつむりながら、

「お前たちとパーティーを組んで、いろんなところに行って、たくさんの物を見れたら面白いだろうと、最近は思っているんだ」

柄にもなく、思っていることをそのまま口にした。

こんなことを率直に話すのは、話してしまうのは、相手がアリシアだからだろう。

「まぁ、君にとっては迷惑なことだと思うが……」

そう、俺にとってアリシアが必要であっても、彼女にとってはそうではないだろう。

何せ、彼女は大陸でもっとも有名な偉人であり、教会の序列第3位で……、

「ええ、こちらこそお願いします。アリアケさん」

「へ？」

俺の背中に柔らかい手が添えられて、誰かが体重を預けてきた。

「嫌なわけありませんよ。私だって、アリアケさんが……。アー君がいたから、ここまで来れたんです。これからもずっと一緒ですよ」

「そ、そうか」

久しぶりにアー君と呼ばれた。

彼女の体の重みを背中で感じる。

成長した彼女の体は幼い時とは違って、華奢なのになぜか柔らかい不思議な感覚だった。

「こちらこそよろしくな」

「ふふふ」

彼女の嬉しそうな声が耳をくすぐった。

ふーむ、それにしても、

「な、何だか熱くなってきたな……」

やはり今日の俺は何かおかしいな。

柄にもなく照れているのだろうか。

「そ、そろそろ上がろうか！」

俺は立ち上がろうとするが、

「あの、アー君。その……」

しかし、彼女は俺の指をつまむようにしながら、

「本当にもう行ってしまうんですか？　その……私のこともっと見なくてもいいんですか？」

「……え？」

「……アー君だったらいいんですよ？」

彼女の方を思わず振り返る。

(しまった、怒られる)

と思ったが、彼女は何も言わない。

ただ、彼女は顔を真っ赤にして俯きながら、上目遣いにこちらを見ていた。

「い、良いっていうのは……」

「……こんな風に二人きりになれること、なかなかありませんし……」

何だろうか、これは。

ドキドキとした自分の鼓動がうるさいなと思った。

こんな感情は普段感じたことがないので混乱する。

混乱したことがないので、どう対処していいのか分からず、更に混乱した。

そして。

混乱するままに。

彼女の肩に手を伸ばしたところで。

『ドッゴオオオオオオオオオオオオオオオオオオオオオオオン』

そんな屋敷全体を震わせる大音声が浴室に響いたのであった。

屋敷全体を震わせる大音声とともに、浴室が大きく揺れた。

『ドッゴオオオオオオオオオオオオオオオオオオオオオオオン』

敵襲か!?

俺はとっさに警戒態勢に入るが……。

「きゃあ!?」

目の前のアリシアが体勢を崩した。

彼女もまた警戒態勢をとるために、とっさに立ち上がったのだが、そのために体勢を崩してしまったのだ。

と、その瞬間。

『ハラリ』

と。

「へ？」

「あ……」

俺の目の前で、白のタオルがするりと、重力にひかれて落ちていくのが見えた。

それはまるでスローモーションである。

スキルを使ってもこれほどゆっくりと感じることはない。

それほどのゆっくりさ加減であった。

そして、何より、それが『ハラリ』した後。

隠されていたはずのそれが、本当にゆっくりと俺の目の前に現れたのであった。

それは何といっていいのだろうか……。

丸みを帯びたそれは、その大きさにもかかわらず決して重力に負けていなかった。

しかし、それでいて決して硬そうではなく、むしろこれまで見た何よりも柔らかそうに俺には感じられたのである。

そう、卵白と砂糖で作るマシュマロ《ギモーヴ》という甘いお菓子が貴族の間で流行っているが、それよりもなお白く柔らかそうなイメージで……。

「きゃ、きゃあああああああ!?」

「うわっぷ!?」

俺はとっさのことに全く反応すらできなかった。

「み、見ちゃダメです！　アリアケさん、見ちゃだめです!!」

「むぐぐぐ……！　むぐぐぐぐっぐ！　（アリシア！　分かった、分かったから放してくれ……！）」

「はううううう！　恥ずかしいです！　まだ、まだダメです！　さすがに恥ずかしいですから！　まだダメです！」

「むぐぐぐ……。むぐぐぐ……（ア、アリシア……。息ができないんだが……）」

アリシアは『ハラリ』によって混乱しているようで、俺を抱きしめたまま放そうとしない。

俺は彼女の余りに大きなそれに挟まれて息ができない。

ただ、本来ならば苦しいはずのそれは、なぜかどこか心地良く、そのまま俺の意識は次第に薄らいでいったのであった。


ちゅんちゅん……。

朝の小鳥たちのさえずりで俺は目を覚ました。

「俺は……あの後……」

アリシアの大きなアレによって意識を奪われてから記憶がない。どうやらもう朝のようだ。

「おお、生きていたか、アリアケ君！　昨日は大変だったようだなあ。ま、とりあえず朝食ができ

ているから食べなさい！」

「はぁ」

俺は起こしにきてくれたハルケンさんへ寝起きの中途半端な返事をしてから、ごそごそと起きだす。身支度を整えてからリビングへと行った。

パーティーメンバーがそろっている。

アリシアのご両親は別件があるとかで、先程どこかに行ったらしい。

「ア、アリアケさん、昨日はすすすすみませんでした！　私ったら混乱しちゃって……。く、苦しかったですよね!?」

「ああ、いや……」

実際のところ、そんなことは無かったので、どう返事しようか迷ってしまった。

まさか、ギモーヴのように柔らかかったとは言えない……。

と、そんな時、食事の手を止め、ラッカライが頭を下げる。

「先生もアリシアお姉様も本当にすみませんでした！　昨日はボクのせいで邪魔をしてしまいまして……」

「え？　ラッカライがあの揺れを起こしたのか？　一体何があったんだ？」

しかし、

「そ、それはその……あの……えーっとー……」

なぜかラッカライが顔を赤らめてモジモジとしだす。

そして、言いだそうとするのだが、どうしても言い出せないといった様子を何度も繰り返してから、

「い、言えません……ごめんなさい！　も、もうちょっと時間をもらえれば、きっと言いますから！」

やはり顔を真っ赤にしたまま、俺の顔をちらちらと見ながら言うのだった。

どういうことだろうか？

すると、

「言えぬこともあるのじゃ。うむうむ。特に親は選べぬ悲しさよ、なのじゃ」

「コレットさんのおっしゃる通りです。本当に親は選べませんからね！」

「狼の我には分からぬ複雑な人間模様であるが、まぁ無理強いはよくなかろうて」

なぜかコレット、ローレライ、フェンリルが口をそろえて言ったのであった。

ふうむ。まぁ、よく分からんが、確かに人それぞれ事情はあるからな。

とはいえ、

「ラッカライ。それはお前の身に危険が迫るような、そういう話ではないんだな？」

それだけは確認しておかねば。

「は、はい！　そこは大丈夫です！　……まずボクの心配をしてくれるなんて、やっぱり先生は優しいです」

そう言って改めて顔を赤くするのであった。

まぁ、ラッカライがそう言うのならいいだろう。

なぜか他のメンバーも納得しているようだしなぁ。

俺とは関係のない何か特別な事情があるのかもしれんな。

まぁ、それはそれとして。

「教会本部に行くのは昼過ぎからだったな。それまで少し聖都を見ておきたいんだが。アリシア、案内してくれるか？」

「ええ、いいですよ。この聖女さんが色々と案内してあげましょう〜」

「では、我もついていこうかのう」

「他のみんなはどうする？」

「儂はちょっと昨日ドラゴン化して本気キックしたんでな。少し羽休みをしたいのじゃ」

「ボクも昨日の疲れが残ってるみたいなんで、念のため休もうと思います」

「教皇の娘なんで、私は今更ですしね。コレットさん、ラッカライさんと一緒にいたいと思います！　少しお話をしたいと思ってましたから」

ふむ、では少しだけ別行動だな。

教会本部に行くときにまた合流するとしよう。

「では、アリシア、フェンリル。行くとするか」

こうして俺たち三人は聖都観光へと繰り出したのである。

～ラッカライ視点～

「では、アリシア、フェンリル。行くとするか」

そう言って先生たちは外出されました。

「ふ、ふう。何とかごまかせました～……」

まだ胸がどきどきしています。

昨夜何があったかなんて、先生に言えるわけありませんから！

「にゃっははは！　それにしてもラッカライ、昨日は良い啖呵《たんか》だったのじゃ！　さすが儂たちの弟子なのじゃ！」

「コ、コレットお姉様……もう、からかわないで下さいよ……」

ボクは昨日……。

いえ。

私は昨日、思わず口走った言葉に赤面してしまいます。

「そうですよ。凄いです。実の父親に向かってあんなにはっきり、熱く、アリアケ様への『愛』を宣言するなんて！　私も少し赤くなってしまいました！」

ローレライさんの言葉に、私は一層、顔を赤くするのでした。

そう、あれは、先生とアリシアお姉様がお風呂に入られてしばらくたってからの事でした……。

時は少しさかのぼります。

先生とアリシアお姉様がお二人で湯あみをされることになったので、ボクは覗きたい気持ちを抑えるために玄関先に出ていました。

いちおう、姉妹の誓いによって、順番を決めてありますので、お姉様と先生が一緒になるのは納得しています。

ブリギッテ教は強い男性や女性が、異性を何人娶《めと》るのも自由という、ある意味ぶっ飛んだ宗教観ですので、その教徒たるボクには問題ありません。

とはいえ、嫉妬がないと言えばウソになるでしょう。

嫉妬というより、うらやましいと言いますか、羨望といったところですかね。

ああしてご両親が公認で、お二人の結婚を後押ししようとしているのですから。

「うらやましいなぁ！」

本当に、うらやましい限りです。ボクだって先生と二人っきりでお風呂に入ったりしたいです。

それで、先生のお背中を流したりして差し上げたい。

そ、そ、そ。

「それに、場合によっては私の体なんかも、先生に洗ってもらったりして！　それでその流れのままに、先生のことをあ、あ、愛して……きゃっ、やっぱり恥ずかしい！」

ボクは聖槍をブンブンと振り回しました。

と、そんなボクに対して、

「いつからそんなふしだらな娘になった！　ラッカライよ！」

その声にボクは、

「お……お父……様。ガイア棟梁《とうりよう》様！」

久しぶりに再会した父の声に驚いたのでした。


「どうしてお父様がここに？」

「ふん！　ラッカライ、お前が勇者パーティーを追放されたうえに、アリアケなどという、やはり勇者パーティーを追放された無能と一緒にいると聞かされてな！　連れ戻しにきたのだ！」

「連れ戻しに？」

「そうだ！　さあ、早く家に帰るぞ。アリアケなどという得体のしれない無能と一緒にいても、絶対にお前のためにはならん！　勇者パーティーを追放される程度のおまえの腕なら、やはり儂の手で直々に鍛えねばなるまい」

そう言って、ボクを連れ戻そうと手を伸ばしますが、

「それは困ります、棟梁様」

「な……に……？」

お父様は驚いた顔をします。

それもそのはず。今までボクが……。私がお父様の言いつけを破ったことなどないのですから。

「口答えするのか、娘のくせに！」

「娘であるからこそ、お父様の間違いは正すべきだと思いまして」

「なっ!?」

あっさりと言い返す私に、お父様は顔を真っ赤にしながら、口をパクパクとします。

どうやら、私が言い返してくるのが本当に意外のようです。

思い返すに、私は人の顔色ばかり見て生きてきたのでしょう。

「娘の反抗期につきあっている暇などない！　いいから帰るぞ！」

「帰る理由がありません、ガイア棟梁様。前提が間違っているんですもの」

「なんだと？」

「だって、ボクは……。私はアリアケ先生のもとでとても強くなることができましたから。勇者パーティーに追放された私を見捨てずに鍛えてくれて、御前試合では勇者さんたちをやっつけることができました」

「あんな無能にお前を鍛えることなどできるはずないだろう！」

お父様はボクの意見など聞くつもりはないようです。

それは別にいいんだけど。

でも、なんでだろう。この感情は……。

「ねえ、お父様……」

「なんだ？」

「さっきから先生のことを無能無能とさげすむように言うのはやめてもらえませんか？」

「無能を無能と言って何が悪い！」

その言葉に私のどこかが……。

「では、先生が本当に無能かどうか。確かめてみてはどうですか？」

「ふんっ、どうやって！」

「簡単です」

私はそう言いながら、聖槍ブリューナクを構えます。

「先生の今や唯一の弟子たるこの私を倒してみることです。お父様」

「なっ!?」

まさか、そんな提案が私の口から出るとは思っていなかったのかお父様は驚かれます。

「正気か！　この棟梁たる儂に勝てると本気で思っているのか！」

「……」

「言っておいて怖気づいたか！　だが、お前の提案は愚かだが都合が良い！　少し痛い目を見て目を覚まさせてやる！　おまえが気づいたときには屋敷の中だ！」

チャキリ。

私はただ無言で槍を構えます。

戦いにおいて言葉は不要。ただ、相手の動きに合わせて、後の先、その攻撃を制するのみ。

「喰らうが良い！　流星槍《りゅうせいそう》！」

強烈な突きがお父様から放たれました。本当に私を一撃で昏倒させるつもりの容赦のない一撃。昔の自分であれば決して防げない神技ともいえる素晴らしい一撃。

でも！

「邪龍一閃《じゃりゅういっせん》・弐の型！」

「なに!? それは聖槍のユニーク・スキル!? いつの間にそんな技をッ……!? 儂の衝撃波が打ち消されたじゃと!?」

「しゃべっている暇はないですよ！ 派生！ 邪龍一閃・参の型！」

「消失した魔力が聖槍の先端に集中して……!? ぐわあああああああああああああああああああああああああああああああ!?」

私の一撃は、お父様がとっさに防ぐために盾にした槍の柄の部分へと吸い込まれました。

槍はたちまち崩壊します。

その衝撃は余りに大きく屋敷全体を揺るがしました。

「ぐ、ぬぬぬぬ。何とか防げたが……。これはまさか、この儂が……。情けをかけられたというのか……」

それは分かってもらえたようです。

さすがに実のお父様を殺すわけには行きませんからね。

「これがアリアケとかいう輩の力というわけか……。お前の聖槍の力を引き出したとでも言うのか!?」

「はい！　お父様！　これでアリアケ先生が無能でないことはご理解いただけましたね？」

「む、むううう。そ、そんなわけがっ……！　そんなわけがっ……！」

悔しそうにしています。

それにまだ納得してくれていないようです。

でも、

「伝えたかったのは、それだけではありません！　このラッカライ・ケルブルグは宣言します！　もう二度とお父様が私の先生を悪く言うことが無いようにはっきりとここに宣言します！」

「？」

ぽかんとするお父様。

それに、何だか後ろからドヤドヤと。

何事かと駆けつけてくる足音がいくつか聞こえてきますが、気にしません。

「この私。ラッカライ・ケルブルグは、アリアケ・ミハマ様を愛しています！」

「……は？」

呆気に取られていますが、続けます。

「先生は、私を深い闇から拾い上げてくれて、ここまで私を連れてきてくれた世界で一番敬愛する人です。だから」

私ははっきりと、

「我が槍は既にアリアケさんに捧《ささ》げました。お父様を倒したのはアリアケ様への愛の力です！」

そう宣言したのでした。

「あ、愛!?　いや、それよりも、や、槍を!?　槍を捧げたというのか!?　それがどういう意味か……」

「武人が槍を捧げるということの意味など、言葉にするまでもありません」

私の言葉に、お父様はみるみる顔を真っ赤にし、鬼の様な形相になり、

「なんということを！　認めぬ！　お前が成長できたのは、これまでの儂の鍛錬があったからこそ！　そこに偶々《たまたま》現れたアリアケとやらが成果を横取りしただけじゃ！」

「お父様!?」

なんてことを言うのでしょうか。

でも、ボクは少し違和感を覚えます。

棟梁様は確かに意固地なところがありますが、ここまでではなかったはずなんです。

「許さぬぞ……。許さぬ。アリアケ・ミハマも。そして、儂の許可も得ずに弟子入りしたお前も絶対に許さん！　覚悟するがいい！」

お父様はそう言って、さっそうと待たせていた馬に飛び乗ると駆け去っていきました。

「まだ話は！　くっ、行ってしまいましたか……。何だか余計に大事になってしまった気がします」

とそんな頭を抱えている私の後ろから、

「いや、なかなか良い啖呵じゃったのじゃ！　ラッカライ！　さすが我が弟子！」

「我も聞いていてスカッとしたのう。カッとならずに主様がいかに優れた人物であるかと冷静に伝えるとはなかなかのものよ」

「はい、私も感動しました！　あんな風に好きな人への愛を高らかに歌い上げるなんて、なかなかできませんからね！　アリアケ様ご本人に聞かせてあげたいところですね♪　アリシア様にコレット様と来て、ついにラッカライさん！　カオスっぷりが素敵ですね！」

「それだけは勘弁して！　ボクの心臓が止まっちゃいますよ!?」

そんなやりとりが、先生とアリシアお姉様がお風呂タイムをしているときにあったのでした。

でも、これはあくまでケルブルグ一族の話。

私が先生にご迷惑をかけないように、ちゃんと収拾しなくちゃ……。

そう思いを決めるのでした。

～？？？？視点～

「許さぬ……。儂の娘が儂の許可も得ずに槍を捧げるなど」

「そう。あってはならないことですね。ガイア・ケルブルグ」

「娘は親の……父親のいうことを聞くべきなのだ。それなのにアリアケなどという似非賢者に騙されるとは。なんと愚かな……」

「やはり娘は、父の手元で育てるべきだったのでは？」

「その通りじゃ。不埒で下賤なアリアケから、愚かな娘を取り返し、再教育をせねばならぬ。儂だけにラッカライの人生を決める権利があるのだから」

「ええ、その通りです。ではどうされますか？」

「力が……。力が必要だ。全てを思いのままにする力が……」

「分かりました。ガイア・ケルブルグ。娘を思う美しい父の真心を見た思いです。ではあなたに、更に四つの権能を与えましょう。《長大な寿命》、《自己再生》、《破壊力》、《空の支配》」

「ああ、ありがとうございます。？？？？？様」

4、ドラゴンと観光

俺とアリシア、フェンリルは三人で聖都『セプテノ』の街へと繰り出していた。

アリシアはさすが大聖女というだけあって、地理に詳しく色々な場所に連れて行ってくれる。

歴史のある大聖堂や聖人が奇跡を行った遺跡など、珍しい場所をたくさん見せてくれた。

だが、一番目立つのはやはり聖都の中心にそびえたつ教会本部棟であったりする。

なぜか煙突のように細長いフォルムは、聖都のどこにいても目に入った。

(どうして、あんな建物にしたんだろうな?)

普通、教会というのはある程度建物の形が決まっている。

だが、ブリギッテ教の総本山は見たことのない異形といって良い形の建物なのだった。

ところで、フォルトゥナの件やゲシュペント・ドラゴンの襲来などの事件がある中でのんびりしたものと言われそうな気もするが、俺にとっては世界の危機が降りかかることや、実際に世界を救うことは日常茶飯事なので、別段気にならない。

むしろ、いちいち気にするようでは俺の様な役割を果たすことはできないだろう。

勇者ビビアにも早く俺の位置の百分の一で良いので、追いついて欲しいと期待している。

さて、そんな感じで三人で楽しく聖都観光にいそしんでいたわけだが、少し疲れたので屋外にある酒場に立ち寄ることにした。

ブリギッテ教は飲酒をタブーにしていない。

というか、むしろブリギッテ神は酒の神でもあったりする。

なので、そこら中にオープンテラスの酒場があるのだ。

しかし、

「ぬ!?　貴様はアリアケ・ミハマか!?」

「？　ああ、シャーロット王じゃないか」

そう、聖都を焼き尽くそうとした絶世の美女《ドラゴン》が、なんと一人で、酒樽《さかだる》を何個も転がし、飲んだくれていたのである。

往来の人間たちも、彼女がシャーロット王であることは理解しているようで、慌てて逃げ出すか、あるいは酒場の片隅で縮こまっている様子だ。

「ここで会ったが百年目よ！　大賢者アリアケよ！　ここで勝負するのだ」

ガオオオンとシャーロットはほえた。実際に口から炎が出ている。

なるほど、これはコレットの母親だ。

何だか仕草がそっくりだぁ。

「ちょっとちょっと、アリアケさん何をのんびりしてるんですか！　相手はゲシュペント・ドラゴンの王様なんですよ！」

「ああ、すまんすまん」

マイペース過ぎるのも悪い癖だな。

そんな風にやはりのんびりと反省しつつ、

「勝負といっても、正式な試合はまだ先だったはずだが？」

「なに、別にそういう戦いばかりが勝負ではあるまい」

シャーロット王はニヤっと笑うと、

「酒の飲み比べよ！　そなたも男ならば、まさか逃げはすまいなぁ！」

とんでもないことを言い出した。

見ての通り、彼女の周囲にはすでに酒樽が幾つも転がっている。

「おいおい、シャーロット王とやら、主様がいかに超人とはいえ、さすがにそれは無理が過ぎるのではないかえ？　ドラゴンに酒で勝てなどとはのう……」

フェンリルが眉根を寄せてそういう。

その言葉に、アリシアは何とも言えない憐憫《れんびん》の視線をシャーロットに向けて、

「やれやれですねえ」

とだけ言う。

フェンリルはそのアリシアの微妙なリアクションに小首をかしげる。

「ふははははは！　では戦わずして逃げるというのか、人の救世主よ！　大賢者よ！　しょせんはコレットを娶る器ではないのう！」

やれやれ。

俺は呵々大笑《かかたいしょう》する絶賛酔っ払い中のシャーロット王に嘆息しながら、

「王よ。王からの誘いを断るなど無礼なことはできません。正直得手《えて》ではなく、苦手と言って差《さ》し支《つか》えない若輩ではありますが、ご相伴にあずからせていただきます」

俺はそう言って彼女の対面へと腰をおろしたのである。

そんな俺の態度に一瞬呆気にとられるシャーロット王と、

「主様！　こんな酒樽を幾つも空にする化け物と飲み比べなどしては、ただではすまぬぞえ!?」

「おいおい、アリアケ様がシャーロット王と飲み比べをするみてえだぞ……」

「ああ、って言っても、王様に言われたから仕方なくって感じだ」

「だな、酔いつぶされて終わりだろう。苦手って自分で言ってるからな」

そんな声が聞こえてきた。

まったくその通り。俺は酒が苦手なので、余り飲みたくないのだが……。

と、そんな風に思って内心ため息をついていると、アリシアが隣に来て、

「ほどほどにしておいてくださいよ、アリアケさん」

そう言って俺の荷物を預かってくれた。

「ああ、ありがとう。君にはいつも助けられるな」

「……そ、そんなことありませんよ」

そう呟いてから離れた。

「わーっはっはっは！　王の酒宴に招かれて断らぬ度量だけは認めてやろう。ふはははは！
もし俺に飲み勝てば、我が財宝を何でもくれてやろう！　ぬわっはっはっはー」

「お手柔らかに」

キン！

杯を鳴らし、お互いに杯に酒を注ぐと、まずは一口、ぐいっと飲み干したのであった。

「なははははは！　いい飲みっぷりではないか！　人間！　まだ行けるのであろうな！」

「ええ」

俺は頷きつつ、

「もちろんですよ」

そう言って、久しぶりの酒の味を喉の奥で味わったのである。

〜3時間後〜

「ちょ、ちょっと待て、人間よ！　お前……お前……」

「どうされましたか、王よ」

ざわざわ……。

周囲は騒がしい。

最初遠巻きにしかいなかった酒場の者たちや往来の人間たちは、今やシャーロット王と俺の飲み比べのテーブルの周りを囲んで、ずっとはやし立てているからだ。

いや、俺たちの飲み比べが始まってしばらくすると、どんどん人が増えてきたように思う。

「シャーロット王！　勝ってくだせえ！　あんたに全財産かけてんだ！」

「お、俺もだ！　ああ、シャーロット王！」

「馬鹿が！　アリアケ様を信じなかったむくいだ！」

「そうだそうだ！　いやぁ、それにしてもこんな名勝負が見られるとはなぁ！」

周囲は沸き立つ。

無理もないだろう。

なぜなら、

「大賢者アリアケよ！　お前は化け物か!?　人の身でこの俺よりも酒をたしなむというのかぁ!?」

本気で驚き、目をまん丸にしている美しい王が、さすがに酔っ払いはじめているらしく、真っ赤な顔でどなった。

一方、

「まだまだ、始まったところではないですか、シャーロット王。一番きついのを、せいぜい酒樽10個ほど空けただけですよ？」

「お前の体のどこに入ったというのだ!?　というか、苦手と言っていただろうがっ！」

ダンッ！　と。

理不尽だとばかりに、王が机をたたいた。

あ、確かに言ったな。ただ、

「少し誤解があったようですね、失礼しました」

俺はそう言って素直に頭を下げる。

「ご、誤解……？」

はい、と俺は頷きつつ、

「お酒を飲むとどうしてもトイレが近くなる。それがどうにも苦手でしてね。落ち着いて話ができないでしょう」

「なっ……、なっ……」

シャーロット王が威厳も何もない、可愛らしい顔で口をあんぐりと開けた。

こうやって幼い表情をすると、本当にコレットと似た可愛らしさがある。

ただ。俺は少し時間を気にしつつ、

「シャーロット王よ、すみません。まだまだお付き合いするべきなのでしょうが、実はまだ幾つか行くところがあるのです。今日は『引き分け』ということでいかがでしょうか？」

俺はそう提案する。

実際、俺たちは観光の途中で、最終的には教会本部にも行かねばならないからだ。

だが、

「引き分けは認めぬ」

シャーロット王はプイっと首を振った。

うーん、困ったな。

やはりドラゴンの王ともなれば、引き分けなどは認められないらしい……、

「お前の……。いや、アリアケよ、そなたの勝ちである」

「……へ？」

今度は俺が呆気にとられる。

「まだまだ勝負はついていないと思いますが……」

その言葉に、シャーロット王は獰猛《どうもう》に笑いつつ、

「わははは！　どこまでも紳士な男だな、そなたは！　そこもまた良い！　なるほどさすが我が娘は男を見る目が……って、いや、うん、まだダメだぞ。全然、俺はそなたを認めておらぬのじゃからな！」

彼女は一人で何やら笑ったり不機嫌になった後、手元の一杯を一気に飲み干すと。

「大儀であったぞ、アリアケよ！　そなたの勝利を俺は忘れん！　見事な竜殺しであった！　わははは！」

彼女はそういうと、本当に上機嫌といった風に酒場を出て行ったのである。

周囲には空になった酒樽が数十と……。

「お、おい、これって……」

「あ、ああ。すげえ宝石だな……。拳くらいあるぞ……。それが二つ」

どうやら酒代と、あとは、

「アリアケさんへのご褒美でしょうかね？」

「俺は楽しく飲んでいただけなのだがなぁ」

別に宝石なんぞいらんのだが。

そんな俺とアリシアののほほんとした会話に、

「アリシアは我の知らぬ主様をよく知っておるようよなぁ」

そう言って、フェンリルが少し頬を膨らせていたのであった。

「最初から主様が勝つと知っておったわけよな？」

「まぁ、長い付き合いですので」

そこはかとなく、誇らしげにアリシアが胸を張った。

さて、

「店主、宝石の一つはシャーロット王からの詫び代だろう。騒がせてすまなかったとな。せいぜい、集まったこいつらに振る舞ってやるといい」

「へ、へい！　かしこまりました、アリアケの旦那様！」

「さ、さすがアリアケ様だ！」「賢者様のおごりだぞ！」「ああ、シャーロット王に勝ったアリアケ様のおかげで今日はただ酒飲み放題だ」

「おいおい」

俺のおごりでもないし。

別に勝ってもいないのだがな。

とはいえ、そんなことをわざわざ言うのも野暮というものか。

「ふっ」

大騒ぎになってしまった聖都で一番大きな往来から、俺たちは気づかれないうちにこっそりと退散したのであった。


さて、俺たちは教会本部一階へとやって来た。

教会本部は非常に大きく、一階はプリースト《神官》たちを育成するための教室がたくさんある、神官学校のような様相を呈している。

そのため、かなり若いプリーストたちの姿がみられた。俺たちと同じくらいの年齢の者たちも多い。

まだコレットたちはやってきていない。

しばらく待っていようかと思っていた時である。

「わ～、アリシアちゃんじゃな～い！　久しぶりだねー」

「なに？　アリシア、帰ってきてたのか？」

「アリシアは序列第3位のエリートなんだから、本部にいるのは当然……。ぶつぶつ」

突然、声をかけてくる女性たちがいた。

「あっ、皆さん、久しぶりですね～！」

アリシアが笑顔で応じた。

「アリシア、彼女たちは？」

「あ、はい。アリアケさん。彼女たちはですね～、私の神官学校時代の友達なんですけど、名前はサキ、ルルカ、ベヨルタさんです」

アリシアがそう紹介しようとすると、

「あ～！　っていうか、あなたが大聖女とドラゴンちゃん、両方と結婚するっていう鬼畜な大賢者さんなんだね～！」

「ほう、あなたがそうか。いや、ブリギッテ教はたくさんの恋を応援するぶっ飛んだ教義だが、大聖女とドラゴンの末姫を一緒に、とは。肝が据わったお人だな」

「それにしても、大聖女といわれるアリシアだけで満足できないなんて、コレットとかいう人はそれだけ美人さんだったり？　ぶつぶつ……」

ふーむ、どうやら俺のこともよく知られているようだ。

そして友人として、アリシア以外の女性と結婚することに、少しわだかまりを感じているらしい。

ブリギッテ教は重婚を認める教義だが、それをどう感じるかはもちろん人それぞれだからな。

しかし、

「んん？　あれ～、っていうか。アリアケさんの隣にいる、その長身で美人で髪が奇麗なお姉さんがもしかして、コレットさんなんですか？」

「「へ？」」

俺たち三人は首をかしげる。

彼女たちが言ったのは、フェンリルのことだったからだ。

どうやら、コレットの名前はみんな知っていても、顔までは知らなかったらしい。

「なるほど、美人とは聞いていたが。……ふーむこれほどとは。アリシアのようなフワフワした可愛いらしさとは真逆の超絶美人……。クールビューティー……」

「そういうことなのね……。アリシアだけで不満だなんて、理解できなかったけど……。コレットさんがこんなに美女では……」

彼女たちは、フェンリルのことを勝手にコレットだと思い込んで、口々に納得していく。

フェンリルも俺も、いきなり勘違いされて訂正する暇《いとま》もない。

そして、

「うっ、うっ！　アリシアったら不憫！　こんな美女が相手じゃ、アリシアみたいな天然フワフワ美少女じゃあ太刀打ちできないよね！」

サキといわれた少女が、憐憫の声を上げた。

「どういう意味ですか!?」

「アリシアは興奮すると冷静さを失う時があるから、ちゃんとコレットさんの意見を聞いて、円満な家庭を作るんだぞ？」

「なに目線のアドバイスなんですか!?」

「早く子供を作ったほうがいい……。そうすれば捨てられる心配は格段に減る。と、うちのママが

「こ、子供は欲しいですが……。そんな心配されるいわれはありません！　それにアリアケさんは私を捨てたりしないですから！　ねっ!?」

アリシアが律儀にツッコミを入れていた。

ついでに俺に念押ししてきたので、思わず頷いてしまう。

「男はみんな最初そう言う。とうちのママが言ってた。ぶつぶつ」

ベヨルタといわれた少女の家に何があったんだ……。

とはいえ。

なるほど、神官学校時代の関係性が手に取るように分かった。

アリシアは大聖女などといわれて世間では敬われる存在のため、普段は敬虔な信徒、慎ましやかな聖女を演じる必要があるが、どうやら友人たちの間では楽しくやっていたらしい。

そういう場所がちゃんとあったことが俺には嬉しかった。

村を離れる時、すごく寂しがっていたからな。

と、

「あ、色々話してる間に、そろそろ次の仕事の時間だよ？」

「ふ、そうか。時間の流れは早いな。じゃあな、アリシア。また積もる話をしよう」

「夫婦円満が一番。コレットさん、うちのアリシアをお願い……」

「ふーむ、まあ良かろう。この我がうけたまろうぞ」

誤解を解くのも面倒になったのか、フェンリルは鷹揚に頷いて答えた。

それを聞いて安心したのか、アリシアの友人たちは去っていく。

やれやれ、なかなか個性的なメンバーだったな。しかし、

「いい友人たちじゃないか、アリシア。どうやら全員、君の心配をして来てくれたみたいだ」

「そうでしょうか？？？？　何だか体よく楽しまれていたような気がしますが!?」

「我をアリシアと比べて心配になるのも無理もない。どうであろう、主様。我とも結婚するかえ？

あやつらにもアリシアの面倒をみるように言われたゆえ」

「調子にのらないでください!!」

アリシアが元気よくツッコミを入れたところで、

「あら、もう来ていたのね、アリアケ君たち」

そう言ってまた声がかかる。

長い金髪とどこかおっとりとした声を持つ女性。

この教会の最上位に位置する女性。

「そんなところにいないで、執務室に行きましょう。紅茶とおいしいクッキーを出しますわ♫」

大教皇リズレットが現れたのであった。

まだコレットたちが来るまで時間があるが、まぁいいだろう。

俺たちは一足先に、彼女の執務室、教会の中枢へと足を踏み入れたのである。

5、ブリギッテ教会侵入

俺たちは大教皇リズレット・アルカノンの執務室へと招かれた。

ソファに腰かけて、出された紅茶や菓子を口に運ぶ。

コレットたちを待っていようかと思ったが、

「とりあえず報告だけ先に聞いてしまっても良いかしら？　あなたたちが会ったフォルトゥナとやらについて」

とリズレットが言った。

話し合いならともかく、報告は先にしてしまった方が効率が良い。

というわけで、さっさと俺たちが出会ったあの『白き少女』について報告する。

「なるほど、私が貴方たちを呼んだのをどうやってか知り、妨害に出た訳ね。幸い、アリアケ君が規格外だったおかげで事なきを得たわけね」

「奴は俺のことを『切り札』と言っていた。あなたが提案したアリシアとの婚姻とも何か関係があるんだろう？」

「まぁ、そんなところね！」

彼女は紅茶をズビーッと勢いよく飲むと、

「元々、この聖都には不思議な噂話があったわけ。白い美しい少女が現れると、それまで普通に過ごしていた人が、突如として殺人鬼になってしまったりだとか、一夜にして人格が変わってしまう、みたいなね」

「出来の悪いホラーのようだが？」

「もちろん！　根も葉もない噂だったわけ！　でも……」

彼女は長い髪をくりくりといじりながら、

「ここ最近になってその白い少女を見たって人が頻発しはじめたのよ。で、案の定、変な事件も多発しはじめた。根も葉もない噂だと思っていたけど、これは只事じゃないなと思ったわけ！」

「それが俺をアリシアと結婚させてまで聖都へ呼び出そうとした理由なのか？」

「そうそう。あとはアリシアの報告でアリアケ君が超有能らしいことは分かってたから！　私は有能な人材に目がないのね！」

ふーん、と俺は思った。

嘘は言っていないようだ。

（ただ、すべてを言っていないだけだな）

そう直感的に見抜いた。

さすが、国教をつかさどる大教皇だけある。嘘をついてはまずい相手を間違わない。

やれやれ、骨の折れることだ。やはり、偽装結婚をして侵入したことは正解だった。

「あとはあのドラゴンのことだが、地下封印遺物《アビス》と言っていた。あれはなんのことなんだ？」

「この教会の地下には強力なモンスターが封印されていて、かつてドラゴンたちとの共闘によって封印しているわけ。その封印が最近少し弱まってきているのよ」

「で、それも協力すればいいわけか？」

「え？　あー。シャーロット王たちの手前、あんな感じで啖呵切ったけど、そこはこのリズレット・アルカノンが命に代えても解決するから安心して頂戴！　なーんていうと大げさだわ！　大船にのったつもりでいてねん♬」

やはり嘘は言っていない様だな。

俺はこっそり嘆息しつつ、持っていたティーカップをテーブルに置くと、

「すまないがトイレを借りたい。どっちに行けばいい？」

「あら、それなら部屋を出て左に出てもらえればすぐですわ」

「分かった」

俺はそう言ってリズレットの執務室を出た。

さて、

「スキル《構造解析》開始」

俺はスキルを使う。

教会本部は様々な機能が集合した建物だ。

1階は神官学校で、2階から上が行政施設になっている。

だが、不思議なことに地下につながる階段がなかった。

これほど機能を詰め込んでいるのに、なぜか地下フロアが作られていないのである。

その理由は、

「ま、そうだよな」

俺はスキルを終了させて、右側の通路を直進しだした。

一見したところ、壁があるだけで、行き止まりのようにしか見えない。

しかし。

『ブオン』

俺が手をかざすと、その向こうに更に空間があることが分かった。強力な結界で空間がねじまげられているのだ。

そして、その先には、

「なるほど、垂直移動床《リフト》か」

俺はためらいなく、その床の上に乗る。

スキル《構造解析》によれば、地下へと通じるルートは、この招かれた者以外は入れない大教皇の執務室の前を通らないといけない上に、このリフトを使わなければたどり着けないようになっていた。

「地下封印遺物《アビス》か」

ドラゴン《シャーロット王》はそう言っていた。

そして、大教皇リズレット・アルカノンは自分が何とかすると言う。

要するに、この世界をどうにかできる二人が、自ら動く必要を直接的にしろ、間接的にしろ表明しているのだ。

「今回の事件の核は地下《アビス》にあるようだな、やれやれ」

俺はもう一度ため息をつきながら、ゆっくりと下降を開始する。

世界の核心に触れるために。


「ほう。これはまた。俺レベルでなければ浴びるだけで正気を失わせるほどの呪詛だな……」

垂直移動床《リフト》でかなりの時間下降した俺は、地下に広がる広大な空間にいた。

そこはヌメヌメとした紫色の外壁で覆われた空間であり、まるで何かの生き物の中のように思わせる。

「ここに『強力なモンスター』とやらが封印されているとあの女《リズレット》は言っていたが……」

果たして本当だろうか。

一般人……。いや、相当高位な冒険者であっても、この空間にいて正気を保つことはできまい。

そしてモンスターすらも、この呪詛の中では生きていけないのではないか？

生きていけるとすれば、俺や、俺のレベルに達した、本当のごく一部の人間だけだろう。

「どっちにしても、こんな気色の悪いところにいたいわけもないがな。《呪い無効（強）》」

最上位のプリーストでなければ使用できないスキルをあっさりと行使しつつ、俺は先へと進む。

「なぜ、ブリギッテ教本部の地下にこんなものがあるのか」

俺は呪詛のより強い方向へと進んでいく。

強力な呪いはまるで針のように俺の体を蝕もうとするが、もちろん、俺にはきかない。

だが。

カラン。

足元には無数の白い何かが散らばっていた。

（かろうじてボロボロになりながら残っている布切れ……。青と白の交じった聖衣……。ブリギッテ教徒のものに見えるな）

俺は少し考える。

「大教皇が言っていたことが嘘でないなら、かつてドラゴンと一緒にモンスターと戦った時のプリーストか？」

俺は呟きながら更に足を進める。

大きな扉の前に出た。

扉には血管のようなものが浮かび上がっており、その扉にはりつくように、余りにも巨大なミイラが左右の扉両方にかたどられている。

ミイラはそれぞれ長大な剣を持ち、扉の前でクロスさせていた。

この先が禁足地《タブー》であることを明示しているのだ。

だが、

「なら、俺が行くしかないな」

俺は嘆息しながら、あっさりとその扉へと手をかけようとする。

もしも、この扉がこれほど厳重なものでなければ、わざわざ俺が出向く必要は無かったろう。

だが、この扉は明らかに資格のある者にしか通れない。

ならば、神にも等しき俺がゆくしかあるまい。

「ふっ、運が悪かったな」

扉をあまりにも厳重にしてしまったがゆえに、俺の様な人の頂点に位置する者が来訪してしまうのだから。

その時である。

『通れぬぞ、この扉は。人ごときに、アビスの心臓には、触《ふ》れられぬ！　おとなしく復活を待つが良い！』

突如として、扉のミイラが動き出し、こちらに剣を振るってきたのである。

だが、俺は微笑みながら、

「そうでなくてはな」

そう言って新たなスキル構成を編んだのである。

「スキル《スピードアップ（超）》」

俺は高速化のスキルを使用する。

『無駄だ！　脆弱な人間よ！　その程度の速さでは我々の剣からは逃れられぬ！』

ブオン！

「おっと」

プツン……。

俺はミイラたちの剣をたくみに躱《かわ》す。

その瞬間に、腰にひもで止めていた袋が切られて飛んで行った。

中から小さな黒い粒がたくさん散らばる。

『惜しかった。もうちょっとで我らの剣が当たって死ぬところであったのだが！』

「……スキル《スピードアップ（超）》」

『まだ懲りぬか！　はははは！　愚かな人間め！』

彼らは哄笑《こうしょう》を上げながら剣を振り回す。

『躱し続けても埒が明かぬぞ人間よ！　そろそろ諦めてはどうだ！』

勝利を確信した彼らは嘲笑する。

一方の俺は、

「やれやれ」

彼らの剣をなんとか躱しながら嘆息する。

「やはり自分にスピードアップを使用していないと躱すのも少し大変だな」

そう言って肩をすくめる。

『なに？』
ミイラは怪訝な声を上げる。
だが、それに対する答えを口にする必要はないだろう。
なぜなら、
『ざあああああああああああああああああああ』
一斉に美しい紫色が、辺り一帯に広がり始めたからだ。
『な、なんだこれは……。これは……、花？』
ミイラたちは攻撃の手を思わず止めて唖然とする。
「さあ、花が咲いたぞ、アビスの門番よ」
一方の俺はそう言いながら美しい花々が咲いていく様子を見て微笑んだ。
なぜなら、これは、
「呪いを吸い込み成長する黒花《ブラック・リリイ》だ」
『なっ!?　我らの力が!?　この呪いの空間が浄化されていくだと!?』
その花は呪いを吸い込み、美しい花を咲かせる。ただそれだけの存在だ。
一瞬のうちにこの空間の呪いを吸収し、ミイラたちの力の根源を奪っていく。
『だ、だがいつの間に!?　花なんぞ咲かせている様子は……』
「何を言っている。さっき自分たちで種をまいたろう？」
俺はニヤリと笑った。

『なに!?　あれは作戦だったというのか!?　俺たちに追い詰められていたというのも演技だというのか!?』

「スキル《スピードアップ》で、花の成長速度をアップさせてもいただろう?　全部俺の手の平の上だったというわけだ」

ミイラは再度驚愕の声を上げた。

だが、そんな敵の様子を見ても、俺が伝えられる言葉は一つだけだ。

「ふ……。何を驚いているんだ、門番ども」

笑いながら、

「お前たちなど俺の敵ではないのは当たり前のことだ。そもそも雑魚の出る幕ではない。さあ、さっさと門を開けると良い。これは命令だ」

俺は自分の勝利を信じ、そう命じた……のだが。

『ぐわあああああああああああああああああ』

断末魔の悲鳴を上げながら、ミイラが更に干からびてゆき、ついには塵になってしまった。

「あれ?」

えーっと……。

「倒してしまうつもりではなかったんだがな……」

思ったよりも弱くて、またやり過ぎてしまったようだ。

（優れ過ぎているというのも考え物だな）

俺は嘆息する。

地面に咲いた美しい花々を眺める。

――黒花《ブラック・リリイ》
呪いを吸い込み浄化する聖なる花。

アンデッドや呪われた存在に切り札となるものだ。

だが、その稀有な特性と、何よりほとんど世界に存在しないことから、『ウルトラ・レア級』のアイテムといわれている。

「俺でなければこれほど多くの黒花《ブラック・リリイ》を所持することは不可能だろう……と言いたいところだが」

俺は鼻をかく。

いや、正直嘆息した。

「せっかく集めたというのに」

別にここで使うつもりではなかったのだ。

この花たちは俺が超個人的な思いから偶々持っていたに過ぎない。

あのバシュータにも少し手伝ってもらって、やっとだったのだが……。

「ま、もう遅いか。それに持っていたとしても、本当に有効活用できていたか分からんしな」

そう自分を納得させるように呟いた時である。

「あら、ではアリアケ君は、本当は何に使う予定だったのかしら？」

「なんだ、やはり俺が侵入したことに気づいていたのか」

その女性は、この異常な空間にあって、何ら声色《こわいろ》を変えずに、微笑みながらやって来た。

「大教皇リズレット・アルカノン？」

俺の言葉に、

「もちろんよ。大賢者アリアケ・ミハマ君。そしてようこそ、教会の心臓部へ。いいえ」

リズレットはやはり微笑みながら、

「教会の始まりの場所へようこそ！」


彼女のその言葉と同時に、ミイラの消失した扉が独りでに開き出した。

そして、その奥には、

「これは……」

さすがの俺もその光景を一瞬では理解できなかった。

いや、脳が拒否したというべきなのかもしれない。

なぜなら、

「女性……ブリギッテ教徒か？」

扉の向こうには広大な海のような空間と、そこに浮かぶ魔法陣があった。そして、その魔方陣の中央には一人の女性が祈りを捧げるようなポーズでひざまずいている。

美しい金髪と青を基調とした聖衣。まるでどこかで見たような……。

「ブリギッテ教徒ではないわ。でも惜しいわね」

「どういうことだ？」

俺の言葉に、彼女は頷いて、

「彼女がブリギッテだからよ」

なに？

この俺をして、一瞬理解が追いつかない。

「彼女こそがシスター・ブリギッテ。ブリギッテ教の始祖にして、張本人。この地獄につながってしまったアビスを３００年間封印してきた最初の大聖女だからよ」

そう言ったのだった。

「あれが、ブリギッテ本人だというのか？」

にわかには信じられない。

だが、

「３００年。あの状態のままこの地で封印し続けているというのか。人の天敵であるアレを」

「さすが察しがいいわ。そういうことよ」

彼女は頷き、

「３００年前。この地底に地獄との門が開いてしまった。その原因は星辰《せいしん》が不吉な十字を刻んだからとも、ソイツらの気まぐれだとも言われている。ただ、確実に言えるのは、とにかくソイツらは現れた。そして、その邪悪な存在は種族を問わずあらゆる生き物に害をなした。当時……」

彼女はスラスラと続ける。

「人類に一人の天才少女がいた。結界を操る術に長けたその少女は、同時に心優しい存在でもあった。異種族とも……それがドラゴンであろうとも心を通わせることができた」

「それは凄いな。普通ドラゴンは気性が荒い」

「何でも『殴り愛』とかいう方法で、どんな種族でも……。特に気性の荒い種族ほど仲良くなれたそうよ」

「……」

それがブリギッテ教が筋肉を信奉する理由だったりしないだろうな……。

「当時も今も最強と謳われたゲシュペント・ドラゴンは最初アビスごと破壊することを提案した。でも聖女はそれを拒んだ。どうして拒んだのかは不明。ただ、結果として彼女は自分が大結界を張り続け、アイツらの侵入を防ぐ盾の役割を果たすことを望んだ。盟友だったドラゴンは怒ったらしいけど、最終的には盟約を結んで、山へと帰っていった。ただ、いつか必ず助けに戻ると言ったとも伝わっている」

「そうか……」

シャーロット王はもしかすると、ブリギッテを助けたかったのかもしれない。

自分を犠牲にしようとして怒ってくれる存在を、友達というのだから。

「ところで俺からも一つ聞いてもいいか、リズレット」

「いいわよ」

瘴気の元であるアビスに、俺たちだけの声が響く。

「この教会はアビスの上に立っている。しかも非常に高くそびえたっている。その理由はなんだ？」

「観光していたと聞いてたけど、それを確認していたわけか」

さすが、と呟いてから、

「大聖女ブリギッテですら、瘴気が漏れ出すことまでは防げなかった。ここに教会を建てたのは、大聖女を守るための要塞の役割を持たせるため。ただしもう一つ理由がある。それはこの瘴気を薄めてから外部へと排出するため」

「そういうことか。煙突のようだから、そんな理由かとは思っていた」

ニコリとリズレットは微笑む。

「この腐った地獄の空気をそのまま垂れ流すと、どうなるか分かる？　アリアケ君」

「さてな。だが推測するだけならいくらでもできる。そうだな、例えばフォルトゥナのような『現象』が発生するのではないか？」

「その通りよ」

面白みがないわね～、とぼやく。

「アビスから出てこようとしているコイツらは、生き物ではなくて『現象』のようなもの。『不幸』という現象。『欲望』という現象。『加害』という現象。人を蝕んで不吉な結末をもたらす災害の名前。精神が弱い者、満たされない者ほど、ソレに魅入られやすい」

勇者　ビビア・ハルノア

拳闘士　デリア・マフィー

魔法使い　プララ・リフレム

ポーター　バシュータ・シトロ

「やれやれ」

俺はため息をつく。

話に納得がいったから、ではない。

更に憂鬱な質問をもう一つせねばならないからだ。

「なぁ、大教皇リズレット。ブリギッテの話を聞いていると、俺は一人の幼馴染のことを思い出すんだが……」

大聖女と呼ばれ、有史以来の最上位の聖女と称えられ、大結界と蘇生魔術を使いこなす彼女。

「最近フォルトゥナのような現象が聖都で頻発しているとあなたは言っていたな」

「言ったわね」

「それはブリギッテの結界が弱まっているからだな？」

「……」

彼女は答えない。

「お前は魔力の弱まりつつあるブリギッテの代わりに、アリシアを生贄にするつもりなのか？」

そう。

「アビスから悪魔が出ない鍵の役目を彼女にさせるつもりなのか？」

それを俺に手伝えというのか？

「そのために俺をここに連れてきたのか？」

スッ……。

「答えろ、序列第2位リズレット・アルカノン！」

俺は自然と杖を手にしながら、大教皇リズレットと対峙したのだった。

そうこの教会の序列第1位は永らく空位であった。

その理由はずっと秘密とされてきたが……。

しかし、それがなぜなのか。

今ならば自明のことだ。

なぜなら、始祖ブリギッテその人が、生きているのだから。

序列第1位はブリギッテでしかありえない。

そんな伝説の息づく場所で、まさに俺たちは対峙するのだった。

背後には地獄の蓋を300年間、閉じ続ける大聖女にして教祖ブリギッテが大海の上空に浮かぶ魔法陣の中心にて祈りを捧げ続けている。

そんな彼女を背景に、大教皇リズレット・アルカノンは涼しい顔で微笑み、俺を見ていた。

まるで祭壇に立つ教主のように。

そして、

「《大天使のうた寝《ホーリー・インフェルノ》》」

静かにそう唱えた。

―その瞬間、
ゴオオオオオオオオオオオオオオオオオオオン！！！！！

周囲一体にまるで太陽そのものが降り注いだかのような熱量が広がる。

街の中で使えば数百メートルにわたって、クレーターができるような衝撃だ。

しかし、

「スキル《神聖魔法無効化》」

すぐにスキルを使用して、その攻撃を無効化した。

やれやれ。

「お前は本当に人間か……？」

とっさに神聖魔法の無効化スキルを使用した俺は、凄まじい風量に鬱陶しく髪を払うだけだ。

それにしても、

「周囲の風景も一切変形していないいな」

「ここはそういう神のプログラムによって設計された、異界への門ですから。そう簡単に壊れたりはしません」

それよりも、とリズレットは続けた。

「あなたこそ、どうなのかしら？　まさか神聖魔法の最高位魔法を無傷で切り抜けるなんて」

「ならば、もっと驚いた顔をしてはどうだ？　その涼しい顔をやめてな」

「確かにそうですわね。これくらいであなたが倒せる訳がないことを私はどこかで理解している」

彼女は微笑むと、

「次はあなたから仕掛けてきてもよろしくってよ？」

「ふ、ではお言葉に甘えるとしよう」

俺自身は基本的に攻撃手段を持たない。

だから、一人だと分が悪いのだが……。

「まぁ、人類の頂点くらいなら、それなりにやれるだろうさ」

そう呟きながら、スキルを構成する。

「スキル《超加速》」

「スキル《筋力強化》」

「スキル《行動力10倍》」

「スキル《自己再生》」

「スキル《杖攻撃強化（大）》」


「5重スキルですか。それで何をするつもりでしょうか？」

教主は俺を値踏みするように言う。

「案外、こういう馬鹿で単純な攻撃が効果的なものなのさ」

「!?　まさか!?」

がん!!

ヒュン！

彼女の目視できない速度で、彼女の頬の横を何かが通り過ぎた。

「石礫《いしつぶて》!?　まさかそんな下等な方法で」

「普通はな。だが、ここの石はお前の最高位神聖魔法でも消滅しない、世界で最も硬い鉱石なのだろう？　なら、それを世界で最も優れた俺がこの杖で打ち出せば、世界で最も威力のある弾丸に変

化する。そうは思わんか？」

「!?　くっ！　《大結界《エンジェル・カーテン》》！」

彼女はとっさに大結界で防御態勢をとった。

アリシアの作る大結界と酷似するそれは、ありとあらゆる攻撃を防ぐ鉄壁の神聖魔法の一つだ。

「防いでみろ！　リズレット！」

「撃ってきなさいアリアケ君！　ああ、楽しいですわ！　まさかとっさにそんな戦術を思いつくなんて！　さすが大賢者！」

「行くぞ！　はあ!!」

バンバンバンバンバンバンバンバンバンバンバンバンバンバン！

ビュンビュンビュンビュンビュンビュンビュンビュンビュン！

ガギイイイイイイイイインンンンンンン！！！！！！！

五重スキルによって、俺が打ち出したただの石は、人類史上で最も大きな威力と速度で、大教皇リズレット・アルカノンを襲う。

その数は数千！

俺の超加速によって、次々と打ち出される弾丸に、リズレットの大結界は削られていく。

しかし、底なしの魔力でその結界をどんどんと修復していく。

その上、

「《堕天使の浄化弓《アルス・マグナ》》！」

大結界などという神聖魔法を使いながら、別の神聖魔法を行使する。

無数の光の槍が追尾機能《ホーミング》をもって俺を襲う。

「スキル《武器解析《ラブラ》》」

「スキル《武器模倣《フェイク》》……。来い！　偽ブリューナク！」

俺は片手に持った杖で相変わらず、弾丸をリズレットへと打ち出し続けながら、俺を自動追尾してくる光の槍をブリューナクの持つ完全防御の特性を駆使して防ぎ切る。

両者ともに攻防一体だ。

やれやれ……。

俺は呆れつつ、

「数万発を打ち出したが、よく防ぎきるものだ」

「あなたがそれを言いますか？　これでは何日たっても決着がつきません」

「人の頂点の戦いだからな。それで、まだ続けるのか？　俺は構わないが……」

石などそこらへんに無数にある。攻撃を続けることは可能だ。

しかし、俺の言葉に彼女はふっと笑うと、

「千日手ですわね」

「そうだな、これでは決着がつかんな」

俺はそう言って応じる。しかし、彼女は苦笑すると、

「ああ、もう！　私のは単なる強がりですよ！　やれやれ、さすが大賢者です。ちょっと勝てるイメージがありません。奥の手が何個あるか知れたものではないし、ちょっと怖いくらいですわ！　あなたはなんというか……。実に賢者らしい戦いをされる。国教の大教皇ごときが、人類の守護者であるあなたに勝てるわけがなかったですわね～」

彼女はそう言って、攻撃の手を止めた。

同時に俺も攻撃の手を止める。

「やれやれ。何かを試されていたのか？」

「試す？」

彼女は目をまん丸にすると、

「それは誤解ですよ、アリアケ君。ここにあなたを招いたのは真実を告げるため。百聞は一見にしかずと言うでしょう？」

「これを見せることがか？」

「そうです。そしてあなたは勘違いされていましたが、見て頂けましたか。私だって大、、結界を……」

彼女が何かを言いかけた、その時である。

『ドオオオオオオオオオオオオオオオオオオオオオン！！！！！』


「きゃっ!?」

「うおっと」

地下にまで届く振動が走った。

倒れそうになったリズレットを、いつものクセで思わず抱きとめてしまう。

「そ、そんなダメですよ！　アリアケ君！　未亡人とはいえ、私には娘もいますし！」

「何を言ってるんだ……」

いつもの調子のリズレットに戻っていて、一気に脱力する。

大教主というイメージはすでにない。

「話は後だ。建物が揺れるほどの衝撃……。だが、遠いな」

「行きましょう！」

俺たちは急いで踵をかえす。色々と確かめたいことはあるが優先順位を間違うわけにはいかない。

祈りを捧げ続ける始祖聖女ブリギッテを置いて、俺たちは急いで垂直移動床《リフト》へと乗り込む。

あの衝撃音……。

あれは、人智を超えた何者かに、この聖都が『襲撃』を受けた音に違いないのだから。

6、フォルトゥナ・レギオン　VS　ブリギッテ教徒・レギオン

「何があった！」

俺と大教皇リズレットは、聖都を囲む外壁の外へと駆けつけた。

アリシアとフェンリルとも合流している。時間がないので、教会の地下で何を見たのかはまだ話していないが。

俺たちが駆けつけたように、他にもたくさんの聖都の市民たちが集まっていた。

そして、彼らの前には、

「御無沙汰をしております。アリアケ様、そして皆さま」

一人の白い少女が、本当になんの害意もないとばかりに照れたように微笑むと、静かに腰を折った。

だが、

「ありゃ、なんだ……。俺たちは何を見てるんだ」

「世界の終わりか？」

「あんな……。無数のゲシュペント・ドラゴンが空に……」

彼女のお辞儀するその後ろには、空を覆いつくすドラゴンたちの群れがあった。

数百に及ぶゲシュペント・ドラゴンたちのレギオン《軍団》は、人にとって絶望の象徴に他ならない。

しかも、

「先頭にいるやつらは、『乗り手を得た』ドラゴンたちか」

数匹のドラゴンの背中には人の姿が見える。

一人は立派な槍を持ち、大層なひげを蓄えた壮年の男。

後は……あれはビビアたちか。

俺がコレットの乗り手となり、彼女が世界で最も優れた竜になったように、ドラゴンは乗り手を得ることで真の力を得る。

俺ほどの男でなくても、ただでさえ強力なドラゴンたちの力は、更に大きく跳ね上がっているだろう。

少なくとも、この一つの国……。いや。

「人間の世界を蹂躙できるほどの戦力だな」

「さすがアリアケ様はお察しがいい。そうです。乗り手を得て、本来の力を全て発揮することができる状態のゲシュペント・ドラゴンたちのレギオン《軍団》ですから」

「なるほど……。ん、あれは？」

先頭にいるドラゴンは見覚えがあった。

「フレッド……だったか」

シャーロット王の重鎮だったはずだ。

しかし奴は今、悪魔フォルトゥナの側にいる。

……ドラゴンの寿命は長大だ。

ならば、この侵攻計画は一体何百年前から始まっていたのだろうか？

悪魔にいいつから操られていいたのだろうか？

やれやれ。

「この光景は、少しばかり一般人たちの心臓には悪いかもしれんな」

「ねえ、アリアケ君。あんなのを見て平気な人って、あなた以外いるのかしら？」

隣の大教皇が呆れ顔をした。

しかし、俺は肩をすくめる。

「まぁ、少なくとも、５人はいるんじゃないか？」

「へ？」

俺はあっさりとした回答をした。

その時、

「やっぱりここにいたのじゃ！　おお、なんじゃかいっぱいドラゴン《同胞ども》がおるのじゃ！　何かの祭りかの!!　かかか！」

「先生、凄い数のドラゴンですね。でも任せてください、この聖槍が何者も先生のことを傷つけさせたりしませんから！」

「勇者パーティーでは体験できなかった、まっとうな戦いがやっとできるんですね！　私はそれだけで満足です」

教会本部で合流するはずだった、コレット、ラッカライ、ローレライの3人が、衝撃音を聞きつけて合流する。

「アリアケさんといると退屈しませんねえ。まぁ、死んでも死なせませんから、大船にのったつもりでいてくださいな。ブリギッテ教序列第3位、アリシア・ルンデブルク参ります」

「我はドラゴンどもに恨みはないのだがのう。ま、相手が悪かったと思うがよいぞえ」

俺の率いる賢者パーティーが、ゲシュペント・ドラゴンたちの軍団《レギオン》を前に立ちはだかる。

俺をいれてたった6人。

だが、世界で最も強力なパーティーだ。

負けるつもりは一切なかった。

しかし、

「むふ。むふふ。むふふふふぅ、あーっはっはっはっはっはっはぁ!!」

なぜか突如、隣の大教皇が笑い始めた。

「お母様、とうとう本当にダメになってしまったんですか？」

ローレライが憐れみにまみれた口調で言った。

「違うわよ……ってていうか、ローレライちゃん、とうとうって何？　本当にって何!?」

彼女はひとしきりわめき散《ち》らしてから、

「まぁ、いいわ！　それよりも、なめてもらっては困るわね、アリアケ君！　この聖都を！　このブリギッテ教徒を！　このっ……」

大教皇は後ろを向いて、市民たち……百を超えるブリギッテ教徒たちに呼びかける。

「愛すべき脳筋たち《ブリギティアン》を！！！！」

彼女の掛け声とともに、

「……勝てば……負けない！」

誰かがポツリとつぶやいた。すると、その言葉を受けて、他の信徒も、

「勝てば、負けない！　負けなければ負けない！　すなわち負けなければ絶対に勝てる！」

「日ごろのダンベル《友》を思い出せ！　ダンベル《友》は決して裏切らない！」

「問題の99％は筋肉が解決できる！　解決できない問題の1％はモテすぎることだけ！」

「プロテイン・ポーションさえあれば何日でも戦える！」

「そうだ！　俺たちはブリギティアン《ブリギッテ教徒》！　ゲシュペント・ドラゴンの100匹や200匹ごとき筋肉の前で恐れるに足りない！」

うおおおおおおおおおおおおおおおおおおおおおおおおおおおおお！

大教皇リズレット・アルカノンの掛け声に、集まっていた信者たちは次々に聖句《バイブル》を唱え、恐怖を克服していく。

一気にブリギッテ教徒たちの士気と魔力が増大していった。

「アリシア、お前の宗教は変わっているなぁ……」

「私はこの人たちとは違いますから!?　ここにいる人たち全員、狂信者ですから!?」

普通の信者たちは全員隠れてるだけですからね!?

と必死に弁明した。

本当だろうか……。

まぁ、それはともかく。

「さっきは失礼したな、リズレット。それにブリギッテ教徒たちよ」

俺は静かにつぶやく。

その声はなぜか、誰しもの耳に届いた。

皆が俺の口にした詫びの言葉を聞いた。

「さっきは、こちらの戦力はたった6人だと思ったが……」

俺は首を振り、

「それは俺の間違いだったようだな」

ふっ、と微笑む。

そして、杖を高く掲げた。

まるで信徒を導く教主のごとく。

「大教皇リズレット・アルカノンが率いるブリギッテ教徒、狂信者《マッチョ》100名!　そして俺たち賢者パーティー6名!　あわせて106名!　これほど頼もしい仲間がいれば、ゲシュペント・ドラゴンの千や二千、倒すことなど造作もない!」

その言葉に、

「アリアケ様！」「大賢者様！」「大聖女様の婚約者様！」

歓声が上がった。

「えーと、本当に彼らも加えて戦うんですか、アリアケさん……？」

アリシアはマッチョたちが苦手なのか、若干引き気味である。

しかし、

「ふっ、無論だとも。日頃鍛えぬいた肉体を、今こそこの聖都を守るために。世界を守るために使う時だ。……何よりも」

俺はスキルを行使する。

「《筋力増強（超）》。さあ、始めよう『渇愛の悪魔フォルトゥナ』よ」

俺は白き少女、フォルトゥナに向かって言う。

フォルトゥナは初めて笑みを消した。

「俺の支援を受けたブリギッテ教徒たちは、世界最強の存在だと知るといい」

こうして、フォルトゥナ・レギオン VS ブリギッテ教徒・レギオンの戦いは幕を開けたのである。

後に聖都防衛戦と呼ばれる戦いである。

目の前には、白き少女フォルトゥナが微笑んでいる。その背景には空を埋め尽くす黄金のドラゴンの群れがいる。

一般人からすれば絶望的な状況かもしれない。

だが、俺はむしろ不敵に微笑みながら、

「それでは始めるぞ。《全体化スキル》を常時発動。まずは《ダメージ軽減》スキルを発動」

「おお、すごい……」

「元々ムキムキで最高のボディだった俺たちの筋肉が、更にカチカチになったぞ！」

ブリギッテ教徒たちが歓喜の雄たけびを上げる。泣いている奴もいて、ちょっと怖い。

「き、気にせず、次は《俊敏》スキルを発動する！」

「す、すごい！　筋肥大しすぎて鈍重になるところを……。これで問題なく動き回れる。動けるマッチョマンになれる！」

更に歓喜とすすり泣きの声が溢れた。

若干、意図していた喜び方と違うのだが……細かいことは気にしないでおこう！

「三つ目に、ダメ押しで《回避補助》を付与する」

「おお！」

「四つ目に《回数制限付き無敵付与》を行う。これならドラゴンのブレスも何度かなら防げるはずだ！　切れたらかけなおすから、必ず言うようにしろ！」

「筋肉でブレスまで防げるなんて！　おおおおお！」

「五つ目に《ダメージ割合低減付与（強）》!!　《筋力増強（超）》とこれら《ダメージ軽減》で少

なくとも即死はしないはずだ！　ダメージを受けたら、アリシアとローレライの回復魔法をこまめに受けるようにしろ！」

「ダメージを受けて治してもらったら、超回復で更にムキムキってことか!?　うおおおおおおおおおおお！」

ええい、もうええわ！

「六つ目に、《毒・火傷・冷気・呪詛などなどまとめて耐性付与》する」

「す、すごい！　まるで聖人だ！　ブリギッテ教徒の力を増強するために降臨された神のようだ！」

「そんなけったいなものではないわい！　そして《空中飛行《レビテーション》》！」

「ひ、飛行!?　人間の俺たちが!?」

「当然だろう？　どうやって戦う気だ？」

「す、凄すぎる。空を飛べるなんて」

称賛の声を聞いていては日が暮れるので無視して、

「さて、あとは《攻撃力アップ付与！　攻撃力割合アップ付与！　追加効果、毒付与！　攻撃時状態回復付与！　攻撃時体力回復付与！　魔力耐性付与！　魔力攻撃アップ付与！　魔力攻撃割合アップ付与！　時間経過による体力・魔力回復付与！　即死無効付与！　首の皮一枚を付与！　クリティカル率アップ付与！　クリティカル威力アップ付与》！」

そして、

「《高速詠唱》！　今の逆の効果を敵へ付与する！　○×△■●○■！！！」

ふう！

これだから軍団戦は骨が折れるのだ。

（それにしても、途中から信者たちの声が聞こえないのが不思議だな？）

そんなことを思っていると、

「す、すごい」

「これが大賢者アリアケ様のお力なんだな……」

「大聖女様の夫になる方だけある。いや、むしろ、アリアケ様が我々ブリギッテ教徒の救世主様なのでは？　筋肉を導く存在《ハイエスト・ランク・トレーナー》なのでは？」

俺の力に畏敬の念を持ったのか、静かにざわついていた。ただ、

「誰がお前ら筋肉馬鹿《ブリギティアン》どもの救世主なものか！」

そこだけは力強く否定しておいた。

だが、信者どもは妙にギラギラした目で俺を見ている。何だか獲物を見る狩人のようで本能的な恐怖を感じるのだが……。

そ、それはともかく、

「さあ、これでドラゴン相手にも戦えるはずだ」

「ゲ、ゲシュペント・ドラゴン相手でもですか？」

やはりまだ不安が残っているのだろう。

誰かが不安を口にする。

しかし、俺は微笑みながら、

「ゲシュペント・ドラゴンの力は人の1000倍だ。彼我《ひが》の戦力差はそれくらいある。いや、あった」

「あった？」

そう、過去形だ。

俺は皆を前に頷くと、

「お前たち筋肉馬鹿《狂信者》は馬鹿だけあって、人の10倍の力を持つ。魔力も無駄に篤い信仰心のおかげで凄まじく高い。それを俺の力で10倍に高めた。そして、敵《ドラゴン》には俺のスキルで10分の1の戦力へと低下させている。つまり彼我の戦力差は今まさに均衡している状態にある」

「す、すごい……！」

「アリアケ様のおかげでドラゴン相手にも互角に戦えるっていうんですか!?」

「……というか、実は勝っている」

「か、勝ち!?」

余りに意外だったのか、ブリギティアンたちが驚きの声をあげる。

だが、俺はさも当然とばかり「ああ」と頷く。

「大聖女アリシア・ルンデブルクは蘇生魔術の達人だ。君たちを決して死なせはしないだろう。安心して戦え」

　というか、

「勘違いしているぞ。これはお前たちが命を捨てるような戦いではない」

　だから俺はずっと微笑んでいるのだ。

「あ、相手はあのゲシュペント・ドラゴンの群れなのに？」

「相手がどうかではないだろう？　この俺が。大賢者アリアケがついているんだぞ？」

　だとすれば、

「少し高強度のインターバルトレーニング《筋トレ》だと思えばいい」

　その言葉に、一気に信者たちの士気が上がった。

「うおおおおお！　確かに！　大賢者様がトレーナーについてくださるんだ！　こんな絶好の筋トレの機会はないぞ！」

「最高のトレーナー《アリアケ様》と、プロテイン《回復術士》がついていて、しかも世界最高のウェイト器具《ゲシュペント・ドラゴン》と来ている！」

「これで燃えなきゃ！　筋トレマニア《ブリギティアン》じゃないぜ！」

　ムキムキ《ブリギティアン》の教信者たちの雄たけびが上がった。

「いくぞ、みんな！　アリアケ様の加護ぞある！！！」

『うおおおおおおおおおおおおおおおおおおおおおおおおおおおおおおおおおおおお』

　勢いよくブリギティアンたちがドラゴンたちへと攻撃を開始したのであった。

　浮遊スキルのおかげで、一斉にドラゴンたちへ向かっていく。

それにしても、

「あの掛け声、恥ずかしいからやめて欲しいんだが……」

「アリアケさんがあんなに煽るからでしょうに。やれやれ」

アリシアが冷静につっこみながら、さらりと、彼らの支援のために大結界を構成しはじめていた。

～コレット視点～

「うおおおおおおおおおおお！」

「す、すごい！　本当に俺たちでもドラゴンと互角に戦える！」

「だ、だが、互角では……。ドラゴンの再生能力がある分……じり貧だぞ!!」

情けない声が響くのじゃ。

はぁ～。やれやれ、なのじゃ！

「あきらめるではないわ！　この馬鹿ちんども！　こ・う・す・る・の・じゃああああああ！」

ドゴオオオオオオオオオオオオオン！！！

「GUOOOOOOOOOOOOOOOOOOOO！？！？！？！？！？」

儂は拳に思いっきりドラゴンの魔力をため込むと、それをありったけたたきつける！

いかな我が同胞といえども、ひとたまわりもない！

「にゃーっはっははっは！　あわ吹いて落下しよったわい！」

「す、すごい！」

「さすが、コレットお嬢です！！！」

「にょわーっはっはっはっは！　もっと褒めると良いのじゃ！　のじゃぁ！」

儂は振り向きながら笑う。

そこには旦那様の力で空中を飛行するブリギッテ教徒たちが数十人いた。

「儂らコレットチームこそが、この戦いの趨勢《すうせい》を決めるのじゃ！　筋肉はどうした、この馬鹿ちんども！　さあ、筋肉は～？？？」

「「「「諦めない！」」」」

「そうじゃ！　全て腕力が解決する！　さあ、ゆくぞ馬鹿ちんども！　次のドラゴン《獲物》はあっちの奴じゃあああああああああ」

「うおおおおおおおおおおお」

「お嬢に続けえええええええええええええ！！！」

すぐに次の獲物に接敵《せってき》するのじゃ！

何せ相手は１００匹以上のゲシュペント・ドラゴンの群れ！

どこもかしこも敵だらけなのじゃ！

そんな中を儂らは飛び回っておる！

そんなわけじゃから、

「お、お嬢！　フォーメーションとか指示はないんですか!?」

「防御とかしたほうが！」

「お嬢！」

「お嬢！」

そんな声が届きよる。じゃが、

「考えるな！　感じるのじゃ！」

「!?」

皆が感銘を受けたように目を見開いたのが分かった。

「どうせ儂のチームに入ったそなたらにそんな難しいことが考えられるわけがないのじゃ！筋肉馬鹿《ブリギティアン》中の筋肉馬鹿《ブリギティアン》しか入れとらん！　じゃから体が思うままに動け！　動き回れ！　大丈夫じゃ！　儂らは殴ってればそれでよい！」

「わ、分かりました！　ふ、不安がちょっとありますが！」

「だーいじょーぶじゃってっばー、っとぉおおおお！！！！」

ドゴオオオオオオオオオオオオオオン！

ドラゴンに上空から鋭い蹴りを喰らわせる。

「GIIIIIIIIIIIIIIIII!?!?!?」

「ひるんだのじゃ！　一斉にやれえええええええええええええ！」

「「「「うおおおおおおおおお！　アリアケ様とコレット様の加護ぞある！　うおおおおお

おおおおおお」」」」」

儂のチームの、特に腕力にしか取り柄のない狂信者《ブリギティアン》中の狂信者《ブリギティアン》が、今までの生涯をかけて鍛えぬいてきた上腕二頭筋を使ったボディーブローを叩き込んだ！

「GIYAAAAAAAAAAAAAAAAAAA！！！！！！！」

「決まったのじゃあああああ！　それされたら儂ですら痛そう！　さすがにひくわー！」

と、儂がそんな快哉《かいさい》を叫んだ瞬間である。

「お嬢！　あっちの奴らが一斉にブレスを！？！？」

焦った声を信者の一人が上げる。

じゃが！

「言ったじゃろう！」

儂は高らかに天に人差し指を立てながら宣言する。

「儂らは殴っておれば良いと！」

そう言った瞬間、ブレスが一斉に噴射される。

……だが！

ガギイイイイイイイイイイイイイイイイイイ！！！

ブレスは儂らに届く寸前で、虹色に輝く美しい障壁に阻まれて消失した。

「こ、これは！　たっ……」

「多重結界っ……！」

「しかも、こんな複雑な構成……。は、初めて見たぞ……」

馬鹿ちんどもが驚いているようじゃが、

「なっ、じゃから言ったじゃろ？」

儂は当たり前のように、でもちょっと誇らしげに言った。

「そなたらの大聖女アリシア・ルンデブルクは凄いのじゃから！」

地上に豆粒のような小さな人が、儂に向かってニコリと微笑んで手を振っているのが見えた。

「さすがアリシアなのじゃ！」

～フェンリル視点～

「白狼様!?　早すぎますよ!?」

「賢狼様!?　ちょっとだけスピードダウンできませんか!?　息ができませんよ！！！」

「フェンリル様ぁ!!」

ブリギッテ教徒たちの悲鳴を背後で聞いて、我は速度を緩《ゆる》めた。ドラゴンたちからも距離をとる。

「甘えん坊たちよのう。主様のスキルによって、人外レベルに強化されておるのであるから、これくらいついてこれるであろうに？」

「も、申し訳ありません、フェンリル様……」

「私たちがふがいないばっかりにご迷惑を……」

我がしっとりとたしなめると、彼らは素直に謝り、シュンとなった。

我は逆に「フフフ」と微笑んだ。

我が率いる数十名のブリギッテ教徒たちは、『脚力』にこそ自信のある者たちである。

彼らは教会学校の初等部の頃、足が速かったらしい。

そして、不思議なことに人の仔というのは、小さい頃は足が速いと異性にモテるらしく、彼らはその成功体験を得て以降、ずっと、脚力のトレーニングを続けた素直な者たちである。

そんな素直な仔たちであるので、たしなめるとすぐに落ち込んだり、シュンとなる。

本当に手間のかかる仔たちである。

「大丈夫、そなたたちならできる。クラスで一番足が速かったのであろう？」

「で、でも……。あんなのはずっと昔の話で……。分かってるんです。足を鍛えてきたのも、過去の栄光をひきずった情けない話で」

そう落ち込んだ様子で言うが、

「情けなくなどないぞえ」

我が少し厳しく言う。たしなめる。

すると、彼らは驚いたように目を丸くした。

我は口調を柔らかくして、

「誇ることがあることは素晴らしいことであるぞ？　卑下《ひげ》することなぞない。馬鹿にする者がおれば、このフェンリルが反論してやろう。そなたらは立派な脚力を持つ武士《もののふ》であるとな」

　そう言ってから、

「ふふふ。それに大丈夫だ。心配なぞするでない。そなたらはこのフェンリルについてくるだけで良い。そうようなぁ、赤子のように、我だけを目で追い、我だけ追って来ると良い。どうだ？　そなたらならきっとできるであろ？」

　そう言ってから『赤子のように』は、少し小馬鹿にしたように聞こえてしまったであろうか？

　と少し心配になったが、

「フェ、フェンリル様！　お、俺、ついていきます！」

「お、俺もです！　ていうか一生ついていきます！」

「頑張ります。頑張るので終わったら褒めて下さい！　赤子のように褒めて下さい！」

「ん？　お、おう。いいぞえ？」

　予想以上に元気になった。

　というか、赤ちゃん扱いされるのをむしろ歓迎しているように聞こえたのだが、気のせいであろうか？

　まぁ良いか。

「ふふ、では勝ったら褒めてやろう。さあ、このフェンリルについてくるがよいぞ」

「はい！　フェンリル様！　うおおおおおおおおおおおお！　お前ら続けえええええええええええ！　フェンリル様にいいところを見せるんだぁあああああああああ！」

「そうだ！　俺たちはこの時のために足ばっかり鍛えてきたんだ！」

「俺がクラスで一番うまく足を使えるんだ！」

う、ううむ。

一声かけただけなのであるが、どうしてこ奴らは一瞬でここまで元気になったのであろうか？

よく分からぬが、彼らの動きは先ほどまでとはうってかわって、凄まじい速度に達した。

神速の域にある。

何せゲシュペント・ドラゴンどもが、

「GIGYAGYAGAYGYAGYA！？！？！？！？！《奴らどこにいった》」

「GIGYAGYAGYAGYA！《速すぎて見えない！》」

「GYAGYAGYAAAAAAAAAAAAAAAAA!!《馬鹿な人ごときにいいい》」

そんな風に、慌てふためいているのだから。

ふふふ。

「愉快であるな！　空のワルツというものは！　さあ、ドラゴンたちよ、我はこっちであるぞぇ！」

「GYA!?」

「遅い遅い！　遅すぎてあくびが出るのう！」

ガシュ!!

「GYYAAAAAAAAAAAAAAAAAAAAAAAAAAAAAAA!?!?!?!?!?」

我の爪に片翼をもがれたドラゴンが姿勢を崩す。

「GUOOOOOOOOOOOOOOOO!!」

だが、落下する前に我に向かって至近距離でブレスを放とうとした。

しかし、

「ドラゴンよ。我は独りで戦っているわけではないぞえ？」

「GYA!?」

その言葉に、我の意図に気づいたがもう遅い。

「うおおおおおおおおおおおおおおおお！」

「俺たちのフェンリル様に何すんじゃぁあああああああああ！」

「落ちろぉおおお！　フェンリル様を守れえええええええええええええええええええ！」

我に気を取られていたドラゴンを、他のブリギッテ教徒たちが複数人で攻撃した。

（さっきから掛け声に若干の違和感があるのだが、我はなにかやったであろうか？）

まぁ、そんな違和感はともかく、教徒たちの結束力と速度は凄まじく、ゲシュペント・ドラゴンを翻弄しつつ攻撃し、ついに空から打ち落とすことに成功したのである。

「GYAAAAAAAAAAAAAAAAAAAAAAA!?!?!」

悲鳴を上げながらドラゴンが地上へと落下していく。

「よくやったのう、お前たち。助かったぞえ？」

そう言って微笑みかけた。

すると、

「は、はい、フェンリル様！」

「フェンリル様には指一本触れさせません！」

「これからも俺たちを使って下さい！」

妙に熱量を帯びた返事が返ってきた。

「お、おう。そうであるな」

若干、元気すぎるのでちょっとびっくりした。

だが、士気は高くて大いに結構。

ドラゴンはまだまだ、空を埋め尽くすほどにおる。

だが、それらは全て我らの獲物でしかない。

「では次の獲物を喰らうとしようか、お前たち。さあ、我に遅れずついてくるのじゃぞ？」

「「「「YES《はい》, My Mother《フェンリル様》!!!」」」」

My Mother?

よく分からず首をかしげるが、今はそれどころではないの。

我らは次の瞬間にはその場から消え失せている。

そして、数百メートル先のドラゴンとの戦闘に移行しておった。

光のように移動しつつ戦うその姿は、後に『閃光のフェンリル軍』といわれるほどの活躍ぶりだったらしいのう。

ともかく、我らはこうして、凄まじい速度で敵たちを駆逐していったのだった。

～ラッカライ視点～

さすがボクの先生ですね！

ボクは先生に襲い掛かろうとしたゲシュペント・ドラゴンの一体の攻撃を軽々と迎撃しながら微笑みます。

先生の対軍用の規格外のスキル使用によって、普段から鍛えていたとはいえ、ただのブリギッテ教徒たちがゲシュペント・ドラゴンたちを軽々と駆逐していきます。

まさに無双状態です！

アリアケ先生の力がどれほどすごいのか。

国防を担うほどの力を有していることが、一目で分かる凄まじい光景だといえます。

（この光景を見てたら、ガイアお父様もアリアケ先生がどれほど凄いかすぐに理解してもらえるのになぁ）

などと残念に思ってしまったりします……って、

（おっと、いけないいけないいけない）

ボクはちょっと頬を赤らめながら、首をブンブン振りました。

（普段、戦っている最中に雑念なんて持たないんだけどなぁ……。アリアケ先生のことだけはいつの間にか考えちゃうんだよね……）

まだまだ未熟です！

もっと先生に認めてもらえるように、精進しないといけないよね！

そう決意したときでした。

「う、うわあああああああああああああああああああああ！？！？！？」

ブリギッテ教徒たちの悲鳴が私たちの耳を打ったのでした。

～ローレライ視点～

「ぎゃーっはっはっはっはああああああああ！　この俺様が乗り手となった竜に敵《かな》うと思ったのかぁ!?　このダボどもがぁあああああ！」

「う、うわああああああああああああああ！」

「ゴミが！　ゴミが！　ゴミが！　ゴミが！　ゴミがあああああああああ！　俺を認めねえ奴らは全員死んじまえばいいんだよ！　俺は強えんだ！　最強なんだ！　なんで誰も認めねえ！　くそがああああああああ！」

私は突如、上空から鳴り響いた、人の悪意と下劣さを極限まで凝縮したかのような、下品な大声に鳥肌を立たせました。

本当に人をゴミのように蹴散らしていくその様子は悪魔そのもの。

そして、それが誰なのか確認するまでもなく予測がついてしまいました。

「勇者ビビア・ハルノア様……」

今や人類の敵となった者。

彼の悍《おぞ》ましい悪意がこの聖都外壁の上空を一瞬で支配していくのを感じます。

アリアケ様は勇者様は悪魔に魅入られ、操られているとおっしゃっていました。ですが、

「素質がありすぎる……」

そう思わざるを得ません。彼の放つ暗黒のオーラは、この私ですら怖気づかせ、立ちすくませてしまうほどの悍ましいものです。

人がこれほどの悪意を持てるなどとは、神の僕《しもべ》である私には到底信じたくないことでした。

ですが、悪夢は勇者ビビアだけではありません。

「おーっほっほっほっほ！　どれだけ筋肉をつけても、この防御無視という天賦の才を持つ私にはかないませんわ！　さあ、ひれ伏しなさい！　懺悔なさい！　このデリア・マフィーに貢《みつ》ぎなさい！　すべての富を！　お金を！　私に捧げてお逝《ゆ》きなさい!!」

「ぎゃああああああああああああ!?」

屈強な戦士たちがなすすべもなく、金の亡者となり、悪魔に魂を売ったデリア様の拳の餌食になっていきます。そして、恐ろしいことに彼女の防御無視スキルは乗り手を得た竜にまで及んでいる

様で、あらゆる装甲を無視してドラゴンの猛威がブリギッテ教徒たちを襲ってゆきます。

「あーっはっはっはっは！　面白いじゃん！　面白いじゃん！　もっと華麗に踊ってみせてよ！　いーっひっひっひっひ！　この大魔法使いプララ様にもっと面白いもん見せてよ！　きゃーははははははぁ！」

「う、うわああああああああああああああああ！？！？」

そして、プララさんがドラゴンとともに四方八方に火球を放ち続けています。まさに人間砲台の様相を呈しています。

まさに人類の脅威たち。勇者パーティーは今や悪魔の軍勢の筆頭として、人を滅ぼす絶望の象徴へと成り果てていたのでした。

ただ、幸い死者はいないようです。

アリアケ様のスキル支援。

そして、アリシア様の結界魔法と、上級回復魔法。

また、力及ばずながら私の中級回復魔法がありますので、致命傷は避けられていたのでした。

ですが、それも時間の問題でしょう。

と、そんなことを考えていた時でした。

「ローレライ、気を抜くな」

「へ？　きゃっ!?」

私は軽々と持ち上げられて、どこかへと運ばれます。

アリアケ様!?　一体っ……。

なぜか私はちょっとドキっとしながら、声を上げようとします。

ですが、それを口に出す暇はありませんでした。

次の瞬間。

『ズバアアアアアアアアアアアアアアアアアン』

私がさっきまでいた場所が……。

いえ、私がいた場所と、その後方のセプテノの外壁も含め、奇麗に一直線に切り裂かれていたからです。

それは、ついに聖都『セプテノ』の外壁の一部が崩壊した瞬間でもありました。

「ガ、ガイアお父様!?」

ラッカライさんが何かを叫んでいるのが聞こえました。どうやら、今の凄まじい攻撃をしたのは、ラッカライさんのお父様のようです。

ただ、今の攻撃がブリギッテ教徒たちに与えた衝撃は大きなものでした。

「聖都が……」

私も思わず声を上げます。

セプテノは私の故郷でもあります。だから、外壁が切り裂かれる瞬間を見て、思わず絶望感を抱いてしまったのでした。

そして、それは他の教徒たちも一緒だったようで、

「つ、強すぎる……」

「まるで悪魔……。いや、それ以上だ……」

「あいつらの笑い声や醜悪な表情を見ているだけで力が入らない……。勝てない……」

人智の及ばない化け物たちを前にして、みんなが絶望してしまったのです。

バサ……バサ……。

白き悪魔フォルトゥナの後ろに、4体のドラゴンが舞い降ります。

まさに悪魔の軍勢。

そのあまりの強さと醜悪さに、人々が絶望感に包まれていくのが分かりました。

まさに今、聖都の終焉が、目の前に現れたのだと。

……しかし、

「そんな顔をするな、ローレライ」

「……えっ？」

私は頭上から聞こえて来る優しい声に、我に返ったのでした。

「ア、アリアケ様……って!?」

っていうか！

ずっと抱っこされていたのでした！

はわわわ!?

慌てて降ります！

「ふふ、そうですよ、ローレライさん」

勝手に慌てている私に、隣から、またも優しい女の人の声が聞こえて来たのでした。

「ア、アリシア様」

私の慌てた声に、アリシア様は優しく微笑み返してくれます。

その微笑はまさに聖母。

しかし、そんな二人はほぼ同じタイミングで悪魔の軍勢の方へ向き直ると、やっぱり同じタイミングで、

「やれやれ、できれば俺は今回出しゃばらず、ブリギッテ教徒たち自身が故郷を守るようにしたかったんだが……」

「そうやってすーぐに楽しようとする。ダメですよ、今日はかっこいいアリアケさんを特等席で見せてもらいますからね～。なのでお背中は安心してくださいな～」

そう言って、お二人は不敵に微笑んだのでした。

その光景を見て、私は今までの絶望感が吹き飛ぶのを感じます。

そして、それは他のブリギッテ教徒たちも同じだったようで、周囲の空気が一瞬で変わったのを感じました。

それはまさに『希望』。

ああ、これが英雄というものなのですね。

私は直感的にそう感じたのです。

……ただ、私はそう思ったのと同時にふと、

（なんだかちょっと……）

もやもやとするというか。

ちょっとだけ。ほんのちょっとだけですが、

（お二人の関係がうらやましいな……）

そう少しだけ思ったのでした。

～アリアケ視点～

「アリアケぇええええええ！　ついにお前も終わりだなぁあああああ！　ぎひいひひひひいいいいいいいいいいい！！！！」

ドラゴンに騎乗した勇者……。

いや、今や人類の悪の象徴ビビア・ハルノアが何か雄たけびを上げた。

「今や俺は悪魔の力をも取り込み、ドラゴンを乗りこなすドラゴン・ライダーの資格すら得た！」

そう言って、俺たちを睥睨するかのように、自分がこの世界で最も強い存在であることを誇示するかのように、両手を広げて言った。

「勇者であり、悪魔の力をも手中にし、そしてドラゴンにすら騎乗する俺は、まさにこの世界で最強の存在だ！　つまりぃいいいい！」

彼は叫ぶ。

正気とは思えないほど大きな声で叫ぶ。

「大賢者などといわれて調子に乗っちまったてめえは只のゴミカスってわけだぁ！　もう俺には絶対に勝てねえ！　何せ世界最強、最大の存在が、この勇者ビビア・ハルノア様なんだからなあ！」

彼は鼻の穴を膨らませながら意気揚々とのたまった。

「世界は俺のもんだ！　すべての国は俺の支配下に置かれる！　俺に自由にできないものはねえ！　何せ最強なんだからなあ！　全ての栄誉は！　名声は！　女は！　権力は！　俺のものになるんだぁあああああああああ！」

彼の絶叫は聖都『セプテノ』外壁にいるすべての者たちの耳に入る。

彼の声に、付き従う勇者パーティーのデリアやプララも呼応し、

「この世界のすべてが私にひれ伏すのですわ！　あらゆる富は私のものになるのですわぁ！」

「あたしが好き勝手にしていい世界になるなんて、テンションあがるよね！　きゃはははははあ!!」

勝利を確信した、陶然《とうぜん》とした嬌声を上げたのであった。

まさにこの世界全てが自分たちが蹂躙する庭だとでも言いたげに、自らの力を誇る。

……しかし。

「ドラゴンの力に、悪魔の力か。人智を超えた力だな、ビビア」

俺の冷静な声が響く。

その声は喧噪の中にあって、なぜかよく響いた。

俺の言葉にビビアはすぐに食いついてくる。

「そうだ！　人智を超えた力だ！　アリアケぇ！　だからテメエに負けたりなんかはっ……！」

しかし、俺はビビアの言葉を最後まで聞かずに、

「ふっ……」

そう思わず笑いを浮かべてから、

「人智を超えた程度で俺に……。いや……」

俺は首を振り、

「俺たちに勝てると本当に思ったのか？」

「……はぁっ!?」

ビビアは俺の言葉が理解できず、うめくような声を上げる。

「相変わらず不出来な弟子なことだ」

その言葉に意味不明な癇癪の言葉を叫ぶビビアをよそに、俺は瞬時にスキルを構成しはじめたのである。

「《上位結界術・限定強化（超）》」

「《神聖魔力強化》」

「《浄化魔術強化（超）》」

「《範囲拡大（軍）》」

そんな俺のスキル行使の対象は、無論隣にいる幼馴染である大聖女アリシア・ルンデブルクだ。

彼女は俺のスキル効果を得つつも、落ち着いた様子で神聖魔術を厳《おごそ》かに詠唱していく。

「《高速回転結界《バレット・ベール》》」

「《福音・八咫の浄化式《ゴスペル・ベル》》」

「《空域化術式・彼の者を穿ちて《ホーリー・フレア》》」

彼女の目の前に、高速で回転する結界術式が展開された。

本来ならばただの結界を、こうして筒状に高速回転させせることで、浄化術式を蓄積させせ、かつ膨張させていく。

　安定させることが極めて難しいといわれる結界術を、こんな風に使えるのは世界広しといえども彼女しかいない。

　そして、凝集《ぎょうしゅう》される神聖魔力は、もはや地上の汚わいや不純物を許さぬ『浄化の矢』へと昇華される。

「はい、いつでも撃てますよアリアケさん。《浄化砲術《ホーリー・バレット》》の準備は万端です♪」

　彼女は微笑んだ。


「《空域化術式・彼の者を穿ちて《ホーリー・フレア》》」


　それは凝集された浄化の矢を、大砲のごとく打ち出す術式。

　そう。これから俺たちがしようとしているのは……。

「よし、撃て！　アリシア！」

「お任せあれ！」

　彼女が弾んだ声を上げる。

　と、その時、悪魔の発する美しい声音が耳朶《じだ》に触れた。

「やはり無理ですか。この体は朽ちても代わりはありますが、交換には時間がかかって面倒ですね……。バシュータ、いますか？」

「は。ここに」

「撤退しましょう。遠くに運んでください」

「かしこまりました。ところでビビアたちは？」

「……ここで戦う事こそ彼らの渇《かわ》きをいやすこと。渇愛の悪魔《フォルトゥナ》にも止めることはできないのです」

「御意に」

バシュータは一瞬にしてどこからともなく現れると、フォルトゥナを担《かつ》ぎ上げ、次の瞬間には姿を消した。

やれやれ。

「逃げられちゃいましたけど、いいんですか!?」

「ん？　ああ、あれはな、いいんだ」

俺は微笑む。

「鈴はついている。今は目の前の悪魔の軍勢《レギオン》を葬《ほうむ》ることにしよう。頼むぞ、アリシア」

「も、もう！　任されました！　それでは行きますよ～！」

彼女の目の前に展開される、《浄化砲術《ホーリー・バレット》》がチャージ限界だとばかりに唸りを上げている。

「アリアケさんの支援《スキル》をもらった《浄化砲術《ホーリー・バレット》》！　とくと味わってくださいね！　《浄化砲術《ホーリー・バレット》・発射》!!　すべてを薙《な》ぎ払いなさーい！」

カッ！！！！！

「きーひひひひ！　こーんな魔法くらいで最強の俺様を倒せると思ってっ……！？！？！？！　う、

うぎいいいいいいいいいいいいいいいいいいいいいいい!? 目がぁあああああああああああああああ!?」

「ああああああああああああ！？！？！？！？！ わ、わたくしの力が!? は、はがれ落ちていく!?」

「なっ、あつぃ！ あついって!? ち、ちきしょおおおおお!? もっともっともっと、好き放題してやりたかったのにいいいいいいい!! あああああああああああ！？！？」

直径数十メートルの筒状の浄化の矢が一直線に伸び、悪魔の手先となったビビア、デリア、プラを巻き込み、その周囲のドラゴンたちも同時に浄化の炎で焼いていく。

ビビアたちの断末魔の声がけたたましく響いた。

悪魔の力を借り、ドラゴン・ライダーとなったことで、この世界で最強の存在になったと豪語していた勇者パーティーたちだったが、彼らは忘れていたのだ。

いかに人智を超えようとも、いかに強大な力を得ようとも、そもそも神に等しい存在である俺と、神の神託を受けた大聖女《彼女》がタッグを組んでいる限り、勝つことはできないのだと。

彼らの断末魔は長く続き、その白い閃光が収まった時、彼らとそのドラゴンたちは大地へと落ち、完全に意識と戦力を喪失していたのだった。

悪魔に操られていた勇者ビビアとその仲間たち、ドラゴンたちを浄化の炎により一掃する。聖女の邪悪を焼き払う聖なる焔《ほむら》は、身体的ダメージではなく、彼らの邪心を焼き尽くした。

大量のドラゴンたちが落下した周囲はもうもうと土煙《つちけむり》が立つ。

「死者なく戦争を終わらせる。こんなことができるのはアリアケ君とあなたが率いる賢者パーティーくらいのものね～」

大教皇リズレットが感心したように言う。

「なに、賢者としては当然の配慮だ。それに凄いのは神聖魔法を自在に操るアリシアの方さ」

「謙遜《けんそん》も行き過ぎると嫌味ってものよ～。あなたのスキル支援がなかったら、あんな大魔法を連発できる訳ないんだから～」

ま、それはそうだが。

ただ、俺は「フッ」と微笑むと、

「頼りになるパーティーがいるから、俺のスキルが活きる。持ちつ持たれつというやつだ」

「そういうことにしておきましょうかね～。奥ゆかしい英雄様にめんじて」

リズレットが微笑んだ。

ただ、俺は一言注意を促《うなが》した。

「油断するなよ、リズレット。戦いはまだ終わってはいないんだからな？」

「へ？」

彼女の首をかしげた瞬間である。

「アリアケ・ミハマァアアアアアアアアアアアアアアアアア！」

突如、土煙を突き破るようにして、一人の男が飛び出してきた。

男は槍を突きの姿勢に構《かま》え、音速を超えるほどの速度で俺へと肉薄する！

「ガイア・ケルブルグ!?　危ない、アリアケ君！」

リズレットの悲鳴が上がるが、

「慌てるな」

俺はガイアと呼ばれた男の方を向きながら微笑み、

「『油断するな』と言ったのは俺だぞ？」

そう言いながら、構えていた杖をおろす。

「俺の背中は常に彼女が守ってくれている」

その言葉と同時に、

「先生には指一本触れさせせません！　はああああああああああああああ！」

ガギイイイイイイイイイイイイイイイイイイイ！！！！！

「ぬうううううううううううううううううう！　また邪魔するか、ラッカライぃいいいいい！　この父に向かって、刃向かうかぁ!?」

なるほど、二人は親子か。

壮年の鍛え上げられた厳格そうな男の槍は、俺の目前数ミリまで迫っていた。しかし、その槍は、俺の弟子ラッカライの聖槍ブリューナクが受け止めていた。その数ミリの差は、神にすら破られない絶対の空隙《くうげき》である。

なぜなら、この世界で最も堅固なる彼女が、俺を守っているのだから。

「う、動かぬ。儂の槍が……。く、アリアケの……。その男の支援スキルの力かっ……！」

ガイアが悔しそうに歯噛みする。

俺の方を憎しみに満ちた顔で見た。

だが、俺はその言葉に違和感を覚えて、

「ん？」

といぶかしげに首をかしげる。

なぜなら、

「いや、すでに支援スキルの効力は切れているぞ？」

そうあっさりと否定する。

「……なに!?」

ガイアが目をむいて驚いた。

俺の知識によれば、ガイア・ケルブルグは、槍の名門の棟梁だったはずだ。

だからこそ、その槍を受け止められたことに驚きを隠せないのだろう。

しかし、

「驚くことはない。彼女には才能があった。だから適切な修行を積んでもらっただけだ。俺は戦略を教えたが、武術の天才であるコレットや、かつて英雄たちと長い旅をした賢狼もいる。聖女による癒しもあった。パーティーみんなに協力してもらうことで、彼女の才能が花開いたというだけだ。あくまで、俺たちはその手伝いをしただけだ」

「戯言を！　ラッカライは儂がいくら厳しい鍛錬を施《ほどこ》しても上達などせなんだ！　だからこそ勇者に預けて修行させようとしたのだぞ！」

「ははは」

彼の言葉に俺は苦笑し、

「人を育てるというのは難しい。俺も勇者ビビアたちを育成しているが、まだまだ未熟だ。早く俺に少しでも追いついて欲しいと思っているが……。俺自身も学んでいかなければならないのだろうなぁ。だからな、ガイア。お前も失敗したことを認めろ。別に父であろうが、名門の棟梁であろうが、人を育てることは難しいし、普通に失敗もする。己が未熟であることを認めることだ」

でなければ、

「悪魔に魅入られ、利用されてしまうぞ？　今、お前が娘を思うその親心すら、悪魔は喜々として利用している」

その言葉に、ガイアは更に激高する。

「くそおおおおおおおおおおお！　許さぬ！　認めぬ！　ラッカライは儂のもとで育てる！　アリアケえええええええええええ！」

「させません！」

「!?」

激高し、隙を生じさせたガイアに対して、ラッカライは巧みな槍術を繰り出す。

今や大陸で最も優れた賢者パーティーの防御の要《かなめ》であり、聖槍ブリューナクを使いこなす彼女にとって、その一瞬の隙は命取りだ。

普段ガイアがそんな隙を見せることはないのだろう。しかし、やはり、自分の娘だという驕《おご》りがあったに違いない。

「ゼロ距離・大車輪!!」

「ぐ、ぐわあああああああああああああああああああ!?!?」

ラッカライが聖槍を風車のように回転させながら、ガイアを空中に打ち上げる。そして、回転する聖槍がガイアの全身を滅多打ちにしていった。

「ぐあ……ああ……あ……」

ズドオオオオンンンンンンンン……。

地面に落下したガイアは、ボロボロの状態になって大地に倒れ伏す。

「どうですか！　お父様！　これこそアリアケ先生に教えてもらった槍使いです！　そしてアリアケ先生率いる賢者パーティーの皆さんに教えてもらった戦い方です！」

ラッカライは「どや！」とばかりに、俺とその仲間たちを誇らしげに見ながら宣言した。

やれやれ。

俺たちはきっかけを与えただけさ。

そんなことを思う。

「う、ぐぐぐ……。つ、強い。まさか、これほど成長しているとは……。け、賢者パーティー……。ア、アリアケ……ミハマ……」

ガイアは重いダメージを受けつつも、まだ意識はあるようだ。

ま、とりあえず治療が必要だな。

彼をどうやって正気に戻すか悩ましいところだが……。

そんなことを思っていた時である。

「死ねぇぇぇぇぇぇぇぇぇ！　アビアベ・ビバババぁあああああああああああああ！！！！！！！！！！！！！」

「なに!?」

俺はあろうことか虚を突かれる。

突然の絶叫とともに、気絶したドラゴンたちの陰から、一人の男が飛び出してきたからだ。

それは、不肖の弟子、勇者ビビア・ハルノアであった！

「ぎひひひひひひいいいいいい！　油断したなぁあああああ！　この隙を待ってたんだよおおおおおおおお！　お前の頼りのラッカライがいなくなる瞬間をなああああああああああ！」

「浄化の焔でも消せないほどの邪悪な心……。ガイアは回避していたが、お前は少なくとも直撃していたはず。どうして正気に戻らない!?」

「知るか！　んなもん！　お前さえボコボコにできれば関係ねえ！　卑怯でも何でも俺が勝てばいいんだよぉ！　ぎゃーはっはっははははは！」

憎悪を帯びた雄たけびは、よほど悪魔じみている！

「死ねぇぇぇぇぇぇぇぇぇぇぇぇぇぇぇぇぇぇぇぇぇぇぇぇ！！！」

勇者ビビアは俺に向かって聖剣ラングリスを振り上げた。

が、

「聖女さんパーンチ！！！」「ドラゴンキーーック！！！！」「フェンリル引っかき攻撃！！！」

「えーっと、私も杖でみぞおちにエエーイっと！」

「ぎえええええええええええええええええ!?」

勇者ビビアが情けない悲鳴を上げて吹っ飛ばされた。

そりゃそうだ。

ラッカライがガイアに手を取られていても、俺には頼りになる他の仲間たちがいるのだから。

「っていうか、アリアケさん。聖女さん的には、今のビビアさんは『浄化後』だと思うんですが。今の多分、素ですよ!!」

「ははは。さすがにあいつがそんな邪悪な存在なわけがないだろう。まだ悪魔の力が作用しているだけさ」

俺は一笑に付した。

他の皆はなぜか微妙な顔をした。なぜだろうか。

と、そんな風に俺が疑問に思っていると、

「うっ、なんと……醜い……。醜悪な姿……。うっ、あ、頭が……。わ、儂は一体何をしておったんじゃ……」

「お父様！　正気に戻ったんですね！！！」

ガイアの声に、ラッカライが嬉しそうな声を上げる。

「何が起こったのかのう？」

フェンリルが首をかしげる。

すると、ローレライが、

「余りにビビアさんの醜悪な姿を見たショックで、悪魔の魅了から覚めたんじゃないでしょうか。さすが、勇者さんですね！」

と言ったのだった。

ははは、まぁ、そんなことはないだろう。

ガイアの持ち前の精神力で、悪魔の魅了を断ち切ったに違いない。

ともかく、と、俺は苦笑いを受かべつつ、

「とりあえずこれで一旦防衛戦は終了だな。色々と考えることや、事後処理はあるが……」

俺は周囲を見渡す。

死者こそ出ていないが、けが人は続出。外壁は大きく崩壊。

恐怖にかられてショックを受けている者もいる。

回復魔法だけでは、物理的、精神的な損耗はどうしようもない。

もちろん、俺たち賢者パーティーも圧勝とはいえ、激戦だった。

ならば、

「休息だな」

俺の言葉に、賢者パーティー一同は頷いた。

「一度アリシアの家に戻るとしようか」

そこで休憩をしてから、次の行動に移ることとしよう。

俺はリズレットと話し合い、そう決めて、一旦アリシアの家に戻ることにしたのであった。

そうして、俺たち賢者パーティーが、その場所を去ろうとした、その時である。

「あらあら～。あなたったら、何か大変なことになってたみたいね～」

「あっ！」

ラッカライが意外そうな声を上げた。

その声を聞いて、その突然現れた女性は嬉しそうに微笑んだ。

黒髪の長い、やや中性的な顔立ちで、目元はおっとりとしている。どこかで見たような顔な気が……。

「お母様!?」

「はいはい。そうですよ～。あなたのお母さん。チルノ・ケルブルグですよ～♪」

そう言って、やはり優しそうに微笑んだのだった。

「やれやれ、今日は疲れたな」

俺たちはアリシアの屋敷へと帰って来て夜食をとると、話もそこそこに寝ることにした。

あてがわれた部屋のドアを開けて中へと入る。

中は真っ暗である。

(よく考えると今日一日だけでいろんなことがあった)

聖都を観光し、ドラゴンと飲み比べをし、そのあとはアリシアの友達と会った。その後、教会の秘密《ブリギッテ》を知り、そこで大教皇と一線を交えてから、フォルトゥナ率いる悪魔の軍勢《レギオン》とも戦ったわけだ。

(……確かにちょっとばかり働きすぎか)

元々引退しようと旅をしていたはずなのだがな。

(やれやれ)

俺は苦笑し、さっさと眠ろうとしたのである。

そんなわけで、俺が用意されていたベッドにいそいそと潜り込むのだった。

しかし、

『ふにょん』

なんとも柔らかい、どこか安心する感触が俺の手に触れる。

と、同時に、

「きゃああああああ!? って、アリアケさん!?!?!?!?! ど、どうしてここに!?!?!?」

よく聞き知った声がベッドの中から聞こえてきたのである。

「へ?」

一方の俺も、驚きつつ内心首を盛大にかしげた。

（あれ、おかしいな）

なぜなら、俺の今日の寝室がこの部屋だと教えてくれたのは、今ここにいるアリシアのご両親だったのだから。

～アリシア視点～

（ひ、ひえええええええええええええええ！？！？！）
私は内心で目をぐるぐる回しながら、混乱の極みに達します。
だってだって！
（こ、これってアレですよね!?）
ええ、ええ！　ウブでネンネな私にだって分かります！
こ、これって！　噂に聞く、よ、よば、よば！
「だ、ダメです!!　そ、そんないきなりだなんて!?」
「ア、アリシア!?」
ああっ、しまった！
私は一瞬で自分の失策に気づきます。
ダメだと反射的に言ってしまったのです。

きっと彼を傷つけてしまいました！
（でも、ダメじゃありません！　全然ダメじゃありません！）
ちゃんとお風呂にも入りましたし！
毎日ハチミツを食べて体の柔らかさには自信があります！
全身フワフワです！
だから全然ダメじゃないです！
「あああ、でもやっぱり心の準備が！」
「いきなりどうした!?」
私の様子にアリアケさんが心配の表情を浮かべています！
せっかく来てくれたのに、逆に心配されてしまうなんて！
そう、そうです。
私はとっさに悟りました。
彼だって恥ずかしいはず。
だけど、勇気をだして来てくれたんです！
なら、それを受け止める私も堂々としていないと。
彼に恥をかかせるなんて、大聖女さん失格です！
なら、やることは一つ！
私は心を決めましたよ！

「ア、アリアケさん！」

「お、おう」

彼の顔を真正面に見ます。

ああああ……。かっこいい……。好き、好きですよ、アリアケさん。あの日。幼いころからずっと……。

「わ、わ、私を！　か、かわ、かわいがっ……！」

ドキドキする心臓が破裂するかもしれないと思いながら、ついに言い切った！

……と思ったその時でした！

『バアアアアアアアアアアアアアアン！！！！』

「大丈夫ですか！　先生!?」

「アリアケ様がピンチと聞いて、ローレライ・カナリア、ここに参上しました！」

扉が破壊されるほどの勢いで開かれると、そこにはラッカライちゃんとローレライちゃんが、なぜか戦闘モードで突入してきたのでした。

「……ち、違うんですよ！　えっと、あの、その、これはですね！？！？」

「あ、あれ!?　アリシアお姉様!?　あ、あの、ご、ごめんさい！　私、ピンチって聞かされて、あ、あの、その!?」

「はわ、はわわわわわ!?」

一瞬で状況を悟った二人と私は、目を見合わせると、お互いに顔を真っ赤にしたのでした。

～とある親たちの親馬鹿行動の記録／ハルケン・ルンデブルク視点～

「なぜわしの娘《アリシア》の屋敷に、こんなお歴々《れきれき》が集まっているのかよく分からんが……」

とりあえず集まってしまったものは仕方ないと、儂は果実酒を振る舞う。

「シャーロット王、大教皇リズレット様、それにチルノ・ケルブルグ代行様」

どなたも大きな権力を有する実力者たちばかりだ。

「いえいえ、あなたがそれを言いますか～。ハルケン様。かつてのS級冒険者の武勇は今でも詩になって残っていますよ♪」

「昔の話です。それで……」

儂は早速本題に入ることにした。

「アリアケ君はうちのアリシアと結婚することになっていますが、今日はどういったご用件でいらっしゃったのですかな？」

その儂の言葉《先制攻撃》に、

『ピシリ』

と空間に何か不穏な音が響いたように感じた。

「さすがかつてドラゴンスレイヤーと恐れられた御仁だけあるな！　ハルケン殿！　しかし、婚姻《こんいん》とはやはり戦って勝ち取るものではないだろうか？」

シャーロット王が獰猛に笑いながら言った。

しかし儂は余裕の笑みを浮かべながら、

「わっはっはっは！　何をおっしゃいます、シャーロット王」

そう言いつつ、

「うちの娘とアリアケ君は、何せ『幼馴染』ですからなぁ！」

「ぬぅ!?」

幼馴染。そう、幼いころから赤い糸で結ばれた運命的存在。これに勝るアドバンテージはない！

娘はずっと彼を見て来たし、儂も彼のことをよく知っている。というか、彼に何度か助けられたことさえあるのだ。

渡すわけにはいかぬ！

それに!!

「くっくっくっく！　しかも、すでに手はうっている。妻のミザリによって、今頃アリアケ君はアリシアの部屋で一夜を共にしていることだろう!!」

差し出がましい、親馬鹿かもしれぬ。

だが！　これも可愛い娘のため！　毎日アリアケ君へのポエムを紡《つむ》ぐアリシアのためだ！

『ちょっと、お父様！　まじでやめてよ!?』

と、若干嫌がられようが、すべて娘を思っての事なのだ！

しかし、そんな完璧な作戦を聞いたにもかかわらず、大教皇リズレット・アルカノン様とチルノ・ケルブルグ様はなぜか微笑んだ。

いや、いやらしく唇を歪めたのだ。

まさか!?

「まぁもちろん、私もアリシアちゃんとアリアケ君の婚姻には賛成だわん。でも、それは政治の話なのよね～♪」

大教皇はニチャリと唇を更に歪めると、

「あの子《ローレライちゃん》ったらまだ自分の気持ちに気づいてないみたいだけど、親の私には分かっちゃったのよね～。というわけで、そそのかしてみたのだわ！」

「なっ!?」

儂は目をむく。

すると、チルノ様もやはり追随《ついずい》するかのように微笑みつつ、

「うふふ。というわけで、私も便乗させて頂きましたよ。それにしてもあの子《ラッカライちゃん》ったら、あんなに熱心に男の人《アリアケ様》を目で追いかけたりして。青春ねえ」

おっとりとした口調で言う。

だが、その眼光は間違いなく、戦略家のそれ。

全然笑っていない。

ケルブルグ一族の軍師は彼女だと言われる理由がそこにはあった。

しかし、一つ腑に落ちない点もある。

　コレット様のことだ。

「彼女《コレット様》は確か、シャーロット王とリズレット様の外交的取り決めにより……。シャーロット王とアリアケ君が試合をし、もし彼が勝てば、晴れて婚姻するという話だったはず。ならば、シャーロット王が今回の件を邪魔立てする理由はないはずですぞっ!?」

　思わず声を荒げる。

　敵は少ない方が良いから説得しようと考えたのだ。

　しかし、

「いや、実はコレットが助けられた詳しい経緯を、このリズレットに聞かされたのだ」

　シャーロット王は頷きつつ、

「すると、なんと悪い人間に捕まっていた娘《コレット》は、アリアケにまるでお姫様のように助けられたというではないか！　これはもう、結婚するしかあるまい!!」

「……は？」

　ちょ、ちょっと待って欲しい。

　えっ？

「そ、それは少し安直すぎませんか？」

「何を言う！」

　彼女は……。数千年を生きていると思われる彼女は、まるで夢見る乙女のように宙を見つめつつ、

「人間の王子に救われて、その者を乗り手に選ぶなど、ドラゴンの夢ではないか。これはもう結婚

するしかないな、うむっ!!」

そう吼《ほ》えつつ、

「幼馴染など、何するものぞ！　王子様のほうがランク高いわ！」

と叫んだのだった。

くっ。

儂は想定外の反応に虚を突かれる。

融通のきかないドラゴンの王だと思っていたが、ただの直情型乙女脳ドラゴンだったとは！

「くっ、ということは今頃……」

儂はこの広大な屋敷の一室で、今まさに起こっている事態に戦慄する。

だが、儂にできることと言えば、

「まっ、頑張るのだぞ、アリアケ君!!」

とりあえず応援することだけであった。

だって、モテるというのはそういうものだから、仕方ない。

「儂も余り考えるのは得意ではないしな！　わっはっはっは！」

うむ、なるようになる！

ということで儂は考えるのをやめたのだった。

～コレット視点～

儂が自分の枕片手に旦那様のいる寝室を訪れたのは夜も更けた頃じゃった。

なんか知らんけど、父上から、「感動した！　アリアケ殿と戦いはするが、それはそれ。今日、アリアケ殿とアリシア嬢が同じ部屋にいるところに突撃し奪い取れ!!」と何やら物騒な檄《げき》を飛ばされたのじゃ。

もちろん、奪い取るとかありえぬので、そこは拒否したのじゃ。

じゃが、じゃが、

「い、一緒にならいいのじゃ……？」

儂はひらめいた。

それならアリシア殿との姉妹の誓いにも反せぬし、抜け駆けにもならぬ。というか、そもそも、『儂と旦那様と二人きりで』は、まじ恥ずかし過ぎるのじゃ。い、一緒が良いのじゃ～」

儂は顔を真っ赤にする。

儂は昨日も、これまでだって、旦那様に対して沢山愛を叫んで来た。別にそれは全然恥ずかしいと思っておらぬ！

じゃって、本当のことじゃから。

まじで旦那様のことを愛しておるから。アリシア殿に負けぬくらいに！

でもでも、

「あ、愛を叫ぶのと、こ、これは違うのじゃ～」

儂は更に顔を赤くする。

「ど、どどどどどっどど同衾《どうきん》して、ね、ねねねねねねねね懇《ねんご》ろになるなんて、は、恥ずかしいのじゃ～。ふにゃ～」

考えるだけで腰が抜けそうになる。

っていうか、実際になった。

廊下にペタンと腰をおろしてしまう。うう、これ以上進めぬ。このゲシュペント・ドラゴンの末姫ともあろうものが!!

じゃが、

「しっかりするが良いぞえ、コレットよ。そら、もう少しでアリアケ殿らのいる部屋よ」

「しゅ、しゅまぬ」

そんな儂を見かねて声をかけてくれる。

それは、アリシアの従僕であるところの、フェンリル殿であった。

実は旦那様の部屋に行くかどうか、迷っていたところ、背中を押してくれたのは彼女なのじゃ。

「かたじけないのじゃ。しかし、一つ疑問なのじゃが……」

「なにかのう?」

フェンリル殿はいつもの涼し気な顔で首をかしげる。

「そなたはアリシア殿の従僕じゃろ？　じゃとすれば、これはアリシア殿への背反になるのではないか？」

「良い質問であるな、コレットよ」

　うむうむとフェンリル殿は頷きつつ、

「我は従僕ゆえ、いちおうアリシア《主人》のことは立てるようにしておるのよ。ゆえにアリシアよりも後で主様《アリアケ殿》には可愛がってもらう予定になっておる」

「偉いのじゃ」

「であるが、どさくさに紛れて『一緒』になら、別にルール違反ではないであろう？　抜け駆けにも当たらぬであろうしのう」

「偉くないのじゃ！　というか、ただの策士なのじゃ!?」

　とはいえ、

「儂と同じことをしようとしておるだけなのじゃ……」

「ぬっふっふっふ。ゆえに止められまい？」

「う、うう。言い返せぬ!?　でも悪辣《あくらつ》さ加減が半端ない！　微妙に納得できん！」

　とは言いつつも、一緒に来てくれるのはありがたい。

　仲間は多い方が良い！

　というわけで、儂らはまるで姉妹のように手をつなぎ、枕片手に、旦那様とアリシア殿のいる寝室へと訪れたのじゃった。

じゃが！

「……ち、違うんですよ！　えっと、あの、その、これはですね！？！？」

「あ、あれ!?　アリシアお姉様!?　あ、あの、ご、ごめんさい！　私、ピンチって聞かされて、あ、あの、その!?」

「はわ、はわわわわわ!?」

なんと、旦那様にアリシア殿。そしてラッカライ、そしてローレライもおったのじゃ。旦那様以外はなぜか全員顔を赤くして慌てておる。しかも、旦那様とアリシア殿は同衾しておる！

「こっ、これはっ……!?」

儂は驚愕する。この状況が表すものは一つなのじゃ！　であればっ……！

「な、なんで、コレットちゃんたちまでもが!?　って、ち、違うんですよ、ここここここ、これはですね!?」

「そ、そうです、コレットお姉様!?　ボ、ボボボボボクたちは異常事態だと聞いてですねっ!?　抜け駆けとかではなくってですね!?」

「わ、私もです!?　あわよくばとも思っていません！」

皆が何か言っておる。

じゃが、儂はそれら声を遮《さえぎ》るように高らかに、

「さすが旦那様なのじゃ！　確かに『全員一緒に』が一番なのじゃ!!」

そう喜んで言ったのじゃった！

「…………えーと？　コ、コレットちゃん、何をおっしゃってるんで……？」

アリシア殿がなぜか困惑の声を上げるが、

「にゃははははは！　儂一人では不安じゃったし、じゃからフェンリル殿にもついてきてもらったが、ラッカライたちもいればより安心なのじゃ！　うむ！」

儂は朗らかにそう言った。

じゃが、

「って、コレットちゃん何言ってるんですかぁ!?　そ、そんなの破廉恥すぎますよ!?」

「私《ボク》も一緒ですかっ……!?　こ、光栄ですけど、色々教えてください……!?」

「ぜ、全員一緒にだなんて……。アリアケ様は大丈夫なんでしょうか……!?　新参の私《ローレライ》は別に個別対応でも構わないのですが……!!」

わちゃわちゃと。

アリシア、ラッカライ、ローレライと、三者三様の反応をしたのじゃった。

ちなみに、

「ふーむ。では、我は疲れた主様を寝かしつける役目を賜《たまわ》るとしようかのう。我のモフモフは主様の疲れた体を一晩で癒すであろうて」

フェンリル殿もまんざらではない様子で、何か固い決意をしたようであった。

「うんうん、皆で一緒なら怖くないのじゃ！」

儂がそう喜んだ時じゃった。

「えーっと、みんな、すまない」

旦那様は口を開くと、

「話の内容はよく分からんが」

頬をかきながら、

「単に俺が、アリシアの母親が案内してくれた部屋を間違って、この部屋《アリシアの》に来てしまっただけだ。騒がせてすまなかったな。さ、みんな疲れてるだろう。早く休息をとったほうがいい」

と冷静に言ったのじゃった。

「「「「ぼ……」」」」

儂らの声が思わずハモッた。

「「「「ぼくねんじん……」」」」

～アリシア視点～

「もー、絶対に私のお母様が何か仕組んだんですよ!!」

みんなが非常に残念そうというか、もはやこの際、経緯はどうでもいいんじゃないか？　といった表情でこっちをチラチラしながら解散していくのを、私は見送りながら言いました。

「と、言っても……」

私は私で、チラチラっとアリアケさんの方を見てから、

「はぁ」

ちょっと嘆息したのでした。

確かにお母様（と、多分お父様も共犯）のたくらみは少しというか、だいぶやりすぎで、私の純情をどうしてくれるう！　という感じではあるのですが……。

それでも思ってしまったのは、

（アー君にはその〝たくらみ〟さえ伝わってないんだろうな～）

という気持ち。

ちょびっとだけ、残念だなぁ、という気持ち。

だって、たくらみにさえ気づいてくれていないということは、私の気持ちにも気づいてもらえていないということだから。

そして、今日もまた私の気持ちは伝わらなかったということだから……。

そう思って、ちょっとだけですが、悲しくなったのです。

が、

「やれやれ。みんなが急に集まって来て驚いたな。ふふふ、だがや
っ
ぱ
り君の母親の〝たくらみ〟だったんだな」

「…………へ？」

ど、どういうことですか!?

『『やっぱり』っていうことは、お母様の狙いを知っていたということですか!?」

「いや、君のお母様は何かたくらみ事をする時に、妙にそわそわするんだ。部屋を案内してくれた時もそうだった。だから何かたくらみ事でもあるのかなぁと思ったんだ」

「あ、あ〜。そ、そういうことですか」

なるほど。

何かあるな〜、程度のことを思っていた、ということですね。

別に私の部屋と分かっていて、来たわけではやっぱりないと……。

「で、『そこはアリシアの部屋だったりしないですね？』とカマをかけてみた。そしたら、ギョッとした顔をしていたなぁ」

「って、えええええええええええええええええ!?」
ア、アリアケさん!?
「私の部屋だって知ってたってことですかぁ!?」

「いや、いや。『母としてそんなことをするはずがないじゃないですか。あははは』と否定されたので。確信はなかったんだが」

「そ、それでも可能性があると分かっていたわけですか。ど、どうして……」

「ん？」

私は多分顔を真っ赤にしながら聞いた。

「どうして、そういう可能性があると思っていたのに、私の部屋に来てくれたんですか？」

聞いてしまった。

彼の口からどんな言葉が漏れるんだろう。

心配と不安と期待がないまぜになった。

「ああ、君と二人きりになれる機会が……コレットたちがパーティーに入ってからというもの……

ずっと、無かったからな。だから、もし二人きりになれたら渡したいものがあってな」

「渡したいもの？」

「ああ。まぁ、さすがに君は覚えていないだろうな……。それに、教会のちょっとしたハプニング
でほとんど無くなってしまった。残ったのはこの一粒だけだ」

「えっと、これは……『種』ですか？」

私の手の平に、彼がそっと、一粒の小さな種を置いた。

「黒花《ブラック・リリィ》の種だ」

別に代わり映えのない、黒い種子ですが……。

「ふーん……。えっ!?」

私は驚きました。

そう、それは……、

「アリアケ君、何をしてるんですか？」

「ん？　やあ、アリシアか。植物に関する本を読んでいたんだ。君も読むか？」

幼いころ。

「いいの？　邪魔ではないですか？　それに私、文字読めないし……」

「邪魔なもんか。ビビアとかだと覚えが悪くて困るだろうけど、アリシアならすぐ覚えられるんじゃないかな。ほら、教えてあげるから、こっちに来なよ。本が読めれば色々なことが分かって便利だよ」

「う、うん。アリアケ君」

「ほら、もっと近くに来てくれないと、それだとページが見えないよ？」

「ひゃ、ひゃい……」

そうして私と彼の距離は縮まる。

お父様がS級冒険者の私は、その村では明らかに浮いていた。

同世代の女の子たちからはいじめられたり。

あるいは腫れ物みたいな扱いだった。

でも、アリアケ君だけは……。

そのうちアー君って呼ぶようになったんだけど……。

アー君だけは私を特別扱いしなかったのだ。

普通の女の子として、扱ってくれた。

丁寧に文字を教えてくれたし、いじめられていたら守ってくれた。

逆に独りぼっちの時は声をかけてきてくれた。

でも、ある日、いじめられて、どうしても泣き止めない日があった。

「また泣かされたのか、アリシア」

「うん……。ぐす、大切な花壇をね……ぐす」

「荒らされたのか。つまらないことをする奴らだなぁ」

彼は呆れた声を出した。

いつもなら彼の声を聞いたら泣き止む私だったけど、その時はどうしても泣き止むことができなかった。

するると、

「俺がもっと綺麗な花壇を作ってやるから、もう泣くな、アリシア」

「もっと綺麗な？」

「それってどんな花壇？」

私は首をかしげました。

「ん？　そうだなぁ……」

彼は少し考えてから、二人でよく見ていた植物図鑑をパラパラとめくり、あるページで止めると、

「君が図鑑の中で一番奇麗だと言っていた黒花《ブラック・リリイ》で作った花壇なんてどうだ？」

「……あ、あはは」

彼が私を慰めるために言ってくれているのが分かりました。

ウルトラ・レア級。

種一つだけでも国宝級。

一生暮らせるだけの財産を使っても、なお入手できないクラスのアイテムなのです。

そんなお花で花壇を作るなんて。

物凄く贅沢で、ちょっと想像できません。

きっと冗談。優しい嘘でした、私を慰めるための……。でも、彼が私を気遣う気持ちが伝わってきました。

私が泣いていると、彼はもっと凄い約束をしてしまいそうです。

だから、私は言ったんです。

「約束、ですよ？」

「もちろんだ。だからアリシア、もう」

「うん……。もう泣かない。……負けたりしない。アリアケ君、文字をもっと私に教えて！」

「お、元気とやる気が出て来たな」

「うん！　いっぱい頑張って……。アー君に追いつくの！」

「ん？　あ、ああ。頑張ろうな？」

「うん！」

こうして私はその日から彼に追いつこうと努力するようになったのでした。

そして、頑張っているうちに、聖女としての才能があったらしく、しばらくしてブリギッテ教会からスカウトされたのです。

「あの時の約束。覚えていてくれたんですね……」

「もちろんだ。花壇を作るだけの数をそろえるのに、ずいぶん時間がかかってしまったがな。それに、せっかく集めたんだが、ほとんど無くなってしまった。すまん」

彼が本当にすまなさそうな顔をします。

ああ。

本当に変わらないですね、アー君。

あの時から、ずっと変わらないで、私のそばにいてくれたんですね、私のアー君。

……でもね。

でもね、アリアケさん。

聖女さんは分かってますよ？

「アリアケさん？」

「何だ？」

彼は首をかしげます。

私から何を言われるのか、まったく予測できない、といった顔で。

「その後に、私とした約束を、覚えてますか？」

「……へ？」

彼は呆気にとられたのでした。

「ふふふ。やっぱり、そこは覚えていなかったですね」

もう。

本当に困ったボクネンジンさんです！

そっちの方も覚えておいてくれたら良かったのに！

「君としたもう一つの約束……」

「そうですよ。うふふ、何だと思いますか？」

「えーっと、だな……」

ふふふ、彼の困った顔もチャーミングですね。

言っちゃいましょうかね。

「もし、花壇を作るなら私とあなたの……」

そう言いかけたときでした。


『カンカンカンカンカンカンカンカンカンカンカンカンカンカンカンカン!!』


聖都中に警鐘のけたたましい音が鳴り響いたのです。

やれやれ、どうやら……。

私は起き上がりました。

彼もすでに起き上がって、マントを羽織り始めています。

「やれやれ。どうやら、束の間の休息は終わりらしいな」

彼はそう嘆息しつつ、颯爽と杖を携えて歩き出したのでした。

私も手早く着替え、たちまち彼の後ろ姿を追いかけます。

あの頃と変わらぬ彼を追って。

7、聖都動乱

「どうした。一体何があったんだ？」

俺たちはそれぞれ一瞬で装備を整えると、アリシア邸の外へ出て、周囲の状況をぐるりと見回す。

聖都は深夜にもかかわらず、異常を知らせる鐘の音が鳴り響き、混乱に満ちていた。

その混乱の原因はすぐに発見される。

「火が！　それにあの建物は教会本部です！」

「最上階！　お母様がいる場所のはずです！」

アリシアとローレライが緊迫した声で言った。

一方のフェンリルは怪訝な顔をしている。

「しかし、あの場所へたどり着くには幾つもの結界と警備をかいくぐらぬと、たどり着けぬ構造だと見受けるがのう。誰があそこに到達して火まで放てるのであろうか？」

「犯人はフォルトゥナだろうな。だが一人ではムリだろう。協力者がいる……。おそらくずっと姿を見せなかったアイツだろうな」

「旦那様。アイツはどいつのことじゃ？」

コレットが首をかしげた。

俺は苦笑すると、

「すぐに分かるさ。だが、だとすると、夕方の戦いも教会本部を手薄にするための陽動か」

「先生、あれが陽動なんですか!?」

ラッカライが信じられないといった様子で目を見開くが、

「そのためにドラゴンを何百年もかけて懐柔し、戦力を整えたんだろう。地下封印遺物へフォルトゥナが到達するために、な」

俺は淡々とそう答える。

「アリアケ様……。だとすれば、これは用意周到な悪魔の罠です。すでに私たちは術中にある……。お母様も敵の手に落ちているはず。勝てますでしょうか?」

ローレライが不安に満ちた瞳を潤ませる。

普段は凜とした少女も、母親が窮地に陥り、切迫したこの状況に不安を感じているようだ。

しかし、

「全然大丈夫ですよ、ローレライさん!!」

アリシアの潑剌《はつらつ》とした声が響いた。

「へ?」

ローレライは間の抜けた声を上げるが、

「うむ、アリシアのいう通りなのじゃ!」

「ですね。心配いらないと思いますよ？」

コレットとラッカライも当然とばかりに頷く。

「ど、どうして大丈夫なんですか？」

ローレライが理解できないとばかりに尋ねる。

するとフェンリルは、いつもの淡々とした余裕のある調子で一言、

「悪魔は大きなミスを犯しておるゆえなぁ。何せ主様《アリアケ・ミハマ》を敵に回してしまっておるのだからのう」

と言ったのである。

やれやれ。

俺は苦笑する。

そして、ぽかんとしているローレライの頭を撫でると、

「まぁ、そういうことだ。悪魔が計画を始めた時、俺はまだ生まれていなかった。俺がいる時点で悪魔の計算はご破算になったも同然さ」

「ア、アリアケ様……」

彼女の瞳から不安の色が消えていく。

「それに、な」

俺は微笑みながら炎上する教会本部を見やった。

「君の母親はおそらく無事だ。何せ俺がもう一度戦うのは嫌だと思うくらいには、強い人なんだからな」

「へ？　戦う？」

意味が分からないといった表情でローレライはポカンとするのだった。

ふむ。調子が戻ってきたようだな。

そんな彼女の様子を確認した俺は、他のパーティーメンバーたちも引きつれ、決戦の場へと向かうのだった。

それは教会地下封印遺物といわれた場所。

アビスといわれる場所へと向かったのである。


俺たちは教会本部の炎上箇所。すなわち最上層階へと急ぐ。

「乗るのじゃ！」

コレットがドラゴンへと姿を変えて背中を低くした。

俺たちはためらいなく彼女の背中へ駆け上がる。

「しゅわっち!!」

瞬時にして宙に舞い上がると、次は超高速で教会本部へと向かう。

走れば数十分はかかるであろう距離を一瞬にして踏破してしまった。

「旦那様、時間がない！　このまま突っ込むのじゃ！」

「任せる！」

「ぬおおおりゃああああああああああああああああああ！」

ドオオオオオオオオオオオオオオオオオンンンンンンン……。

弾丸となった俺たちは、炎上する教会本部の最上層階へと突入した。

「ケホケホ！　お、お母様！　無事ですか!?」

「リズレット！　いないのか！」

彼女の執務室の扉を乱暴に開けて呼びかけた。

だが、そこには誰もいない。

しかし、

「おいおい、相変わらず品がないな。これだから筋肉のないひ弱な男は嫌なんだ」

その声は部屋の外から聞こえて来た。

廊下に一人の男が立っていた。

だが、その姿は余りに異様であった。

燃え盛る部屋の中で、男は上半身をまるで見せつけるようにむき出しにして、その体を汗でテラテラとてからせていたのだ。

そして、俺の方を見るや、唇をいやらしく歪め、

「だが、遅かったな。すでに大教皇はすでにフォルトゥナ様がアビスへと連れて行かれた。復活の儀式が完了するまでここを通すわけにはいかん」

そう言ってニチャリと嗤《わら》ったのである。

その男の名は、

「エルガー・ワーロック……」

勇者パーティーの盾といわれた男であった。

だが今は見る影もない。

今の彼はまさに、

「くくく。俺の筋肉をもってすれば、ブリギッテ教徒だと偽り侵入することは簡単だったぞ。俺こそが最も強く美しい筋肉を持つ男！　この国を守る正義の盾だ！　フォルトゥナ様はその力を俺に与えてくれた!!　フォルトゥナ様復活の暁には、俺に更なる筋肉を与えて下さる!!」

悪魔の化身となり、俺たちの行く手を阻んだのである。

「ぐはははは！　フォルトゥナ様からもらったこの体、素晴らしい！　筋肉が！　躍動する！　たまらぬ！　たまらん！」

「先生！　エルガーさんが硬いです！　というか、あんまり近づきたくありません！」

エルガーが興奮した口調で、俺たちの行く手を阻《はば》む。

細い通路を活かして、効果的に俺たちを足止めしていた。

本来は倒すことなど造作もない敵だ。しかも今は史上最悪の裏切り者。倒すことをためらう理由はない。

だが、悪魔の力によって普段より更にムキムキのテカテカとなったことで、相当気持ち悪いこともあって、女性陣中心のパーティーにはなかなかきつかった。

なんと卑劣な。

勝手の違う相手に俺たちは若干の足止めをくらっていたのだった。しかし、

「あー、もう鬱陶しいですね～！　私がワンパンしますので！」

若干切れ気味でアリシアが貧乏くじを引くことを決めた。

そして、彼女が拳に力を込め、エルガーへと渾身の一撃を放とうとした、その時である。

「もう、結構ですよ、エルガーさん」

ず……ず……ず……ず……。

いつの間にか。

通路の奥。

そこにそれはいた。

髪も体も真っ白で、高い天井に届くほどの巨体。

しかし、その姿は容易には形容しがたい。

下半身は蜘蛛のようで、複眼が無数についていて、八本の節足が巨体を支えていた。

その上には、人の上半身がくっついている。一見美しい少女が目を閉じて鎮座しているように見えた。しかし、その両手はやはり昆虫の手足のような節くれだった形状をしていて異常に長く、何よりその全身の白い体軀とは裏腹に、あふれ出る異様な魔力に周囲は暗黒瘴気に満ちている。

「おお！　フォルトゥナ様！　ついに真の姿を取り戻されたのですね！」

しかし、エルガーは満面の笑顔で蜘蛛少女へと近づいていく。

「エルガー！　近づくな！　そいつは！」

俺は声を上げる。

彼だって知っているはずだ。俺が何度も勇者パーティーのメンバーたちに教えてやった。

かつてはるかな神話時代。

世界に八本の足を持つ美しい殺戮者がいた。その者は白い体を持ち、美しい少女のいでたちをしていた。

だが、

「その少女の体が白いと知っている者はいなかった。なぜなら」

そう、なぜなら、

「さあ！　フォルトゥナ様！　この俺に最強の肉体を！　筋肉を！　この世界で最も優れた男にしてくれ！　約束だろう!!」

エルガーの歓喜の叫びに、フォルトゥナは目を閉じたまま、かすかに微笑みを浮かべると、

「ええ、約束を、守りましょう。エルガー・ワーロック。己の欲望に素直なる渇愛の僕よ」

そう言って、蜘蛛の体の口の部分が、ガバと開いた。粘液を引き、乱杭歯《らんぐいば》を生やした悍ましいその口腔《こうこう》。

エルガーは何をされるのか分からず、ただただポカンとして、

「は？」

間の抜けたつぶやきを上げるだけだった。

次の瞬間、
ブシュウウウウウウウウウウウウウウウウウウウ！

「ぎ、ぎやあああああああああああああああああ！？！？！？！？！　ああああああああああああああああああああ！！！！！　いだいいいいいいいいいいいいいいいいい！？！？！」

フォルトゥナはエルガーの下半身に噛みついた。

そして、そのままズルズルと口の中に吸い込み始めたのである！

「な、なぜ！　なぁぜだ!?　フォルトゥナ様！　フォルトゥナ様っ……!!　う、裏切ったな！　このアバズレがあああああああああああああああ！」

目を血走らせ、唾を飛ばしながら、フォルトゥナを罵倒する。

「ああ、美味しい。美味しい。やはり食事は人間に限ります。３００年。長かった。どれだけこの時を待っていたことか。我が渇愛が満たされる。ふふ、うふふふ。あは、あははははは♡」

少女は軽やかに笑った。

「それにエルガーさん。私は嘘などついていませんよ」

「な、なにいいいいい！　ならこの口を放せ！　クソが！　クソが！　クソアマがあああああああああ！」

「それはできません。なぜなら、私の一部になることで、あなたは最強の男になれるのですから」

「は？」

エルガーが絶望の表情を浮かべる。

彼女の言っている意味がさすがに理解できたからだ。

「この悪魔フォルトゥナ……。かつて神話時代にアトラク＝ナクアと呼ばれ、人類を全滅寸前になるまで捕食した人の天敵。悪魔名『人類捕食現象アトラク＝ナクア』の矜持を胸に、さあ、またこの世界を人の悲鳴で満たしましょう。世界を終わらせましょう！　エルガーさんもぜひご一緒に！　うふふ、うふふ、きゃーっはっははっはっは！」

「んぎいいいいいいいいいいいいいいいいいい！　死にたくない！　死にたくないいいいいいいいいいい！」

エルガーの絶叫が響いた。

「助けてくれええええええええええええ！　ア、ア、ア、アリアケエエエエエエエエエエエエエ！」

「エルガー！」

俺は友を助けようと駆け寄ろうとするが、

「罠です！　先生！」

「分かっている！　だが……」

駆けだそうとする俺は足を止める。俺の少し前方に、いつの間にか見えないほどの細い糸が張られていた。

ラッカライが聖槍で切り裂く。

「よく躲しました。触れれば体を切断してさしあげていたのですが……」

少女は美しく微笑む。

その間にも、エルガーはすでに吸収されていた。彼の血しぶきによってフォルトゥナの体は赤く染まっている。そして、その体も一回り大きくなった。人を捕食し更に強くなったか。

……人類捕食現象アトラク＝ナクア。

その白い姿を見た者はいない。なぜなら、

「お前の前に立つ者は、糸に切断されるか、その足でなます切りにされるか、あるいは捕食されたという。ゆえに、その体は常に赤く染まっていたと伝えられている……」

その言葉に、フォルトゥナはその美しい唇を裂けんばかりに横に歪めると、

「うふふ、まだまだ足りません。300年の空腹を満たすには。ですが……、あなたたちはメインディッシュ。私が復活したということは、この世界《人類》の終わりを意味する。その前菜をつとめるならば、やはりふさわしいのは魔王か、聖剣の担い手……。近くにいるのは……」

彼女はそう言って、蜘蛛の体についた目をぎょろぎょろと動かすと、

「聖剣の担い手……。地下ですか。ふふふ、今行きますよ♡」

そう言って、外壁を軽々とぶち破ると、そのまま外へと身を投《とう》じたのである。

「逃げたわけではないのであろうなぁ」

「はい、地下と言ってました。おそらく地下牢のことかと」

とすると……。

「おそらく勇者パーティーを取り込むつもりだわね。あー、いたたたたた……」

軽い口調で一人の女性が現れた。

それは、

「大教皇リズレット・アルカノン！」

「お母様！　ご無事だったんですね！」

だが、その体は満身創痍でボロボロであり、腕などは取れかけている。

生きているのが不思議なくらいだ。

相当の抵抗をしたらしいな……。

急いで回復させる必要があるだろう。

だが、その前に、

「初めまして、かな」

「ええ、そうですね」

死にかけの大教皇を支えて、ここまで連れてきた人物がもう一人いた。

それは、

「始祖ブリギッテ、でいいか？」

「はぁ。私っていつの間にか宗教にされちゃったんですか？　まあ、恥ずかしいですが、それで結構ですよ。真の賢者アリアケ・ミハマ様」

彼女はそう言うと、ニコリと微笑んで、

「シングレッタ神のお導きのままに」

そう聖句を唱えたのであった。

「時間がない。走りながら情報を整理しよう。結局今回の事件というのは、３００年前から始まっているという事でいいんだな？」

俺たちは教会地下へと疾走しながら情報交換を行う。

疾走というか落下か。

俺たちは教会本部の外壁を駆け下りていた。

アリシアが回復させた大教皇リズレットは、傷は治ったものの、体力と精神の回復を待たねばならないので置いてきている。

ともかく時間がなかった。

「その通りです。渇愛の悪魔フォルトゥナ。神話時代において生物の位階が定まらなかった遥かな昔、人類の捕食者《天敵》という上位概念として生まれた『現象《アトラク＝ナクア》』。しかし、神々によってその概念は否定され、アビス《地下封印遺物》へと封印されました。でも……」

「何かがきっかけで、３００年前に復活した。それをブリギッテ。あなたが封じたというわけだな」

「そうです。友達のゲシュペント・ドラゴンの王にはひどく反対されましたが。この辺りを吹っ飛ばす！　と言って聞きませんでしたが」

ブリギッテは困ったような微笑みを浮かべる。

「ちなみに、そのシャーロット王の娘が、このコレットだ」

「のじゃ！」

「まあ!?　そうなんですか!?」

ブリギッテは驚いたあと、嬉しそうに微笑んだ。

「とすると、やはりシャーロット王が聖都を吹き飛ばそうとしたのは、君を封印の役目から解放するためか」

「あら、そんなことがあったんですか？　あらあら～、あの人ったら相変わらず短気で困った王ねえ」

彼女はケラケラとしてから、

「ただ、確かにもう限界でした。私の結界は300年がたち、魔力が弱まっていた。そして、現象であるフォルトゥナを完全に封じることができなくなった。教会はフォルトゥナの瘴気を限りなく薄れさせたけど、漏れていることには変わりなかった。彼女はまるで靄《もや》のように私の封印から少しずつ抜け出し、夢のように、現《うつつ》のように実体を結び、欲望を持つ者の心を300年かけてゆっくりと犯し操ったのです」

「フレッドや他の同胞たちも欲望を操られたわけだったのじゃな」

「そういうことだな。勇者ビビアたちすら操る奴だ。相当なレベルの洗脳術だと思った方がいいだろう」

「そうでしょうか。勇者様たちは何だかイキイキしていたように見えましたが？」

ローレライが淡々とした口調で言った。

「こほん。結果、操られた勇者やドラゴンたちは歴史的な大規模陽動を仕掛け、その間隙《かんげき》をつき、強化され操られたエルガーが、リズレットを襲い、地下へと下りて封印を解除したというわけか。

そして、一足先に俺たちを待ち受けていた」

「それでブリギッテ様。あの悪魔の目的は結局なんなんですか？」

アリシアが核心を問うた。

もう地面だ。

「それは簡単です。あれは生物ではなく『現象』。神話時代に生命の頂点を人とすることに反対する神が生み出した人類の『天敵』。ならその目的は」

それの意味するところは……。

アリシアがごくりと喉を鳴らした。

「人類の上位存在として、人を全て滅ぼす《捕食する》ことに他なりません」

こうして一通りの情報交換を終えるのと同時に、

「スキル《衝撃緩和》」

ドンンンンンンンンンンンンンン！

地響きを立てながら俺たちは大地へと降り立った。

そして、

「これは……」

同時に俺は目を見張ったのである。

「「「うわあああああああああああ！」」」

地上へと降り立った俺たちが見たものは、聖都『セプテノ』の変わり果てた姿。逃げまどい絶望する人々という地獄絵図であった。

建物の間には、悪魔フォルトゥナ……。いや、今は正体を顕現させた人類の天敵アトラク＝ナクア……。奴が張り巡らせた糸がそこかしこに張り巡らされていた。

いや、そこかしこ、どころではない。

「い、糸に絡めとられて……。引き寄せられる！　た、助けてくれえええ！！！？？？」

網にかかった人々は、いくらもがこうとも脱出することができず、ある者はその糸に絡めとられて、ズルズルとアトラク＝ナクアの口元まで運ばれて捕食される。

またある者は、

「ち、力が抜けていく……。だ、誰か、た、たすけ……」

糸に生命力を吸いつくされ、みるみる骨と皮になり、変わり果てた姿へと変貌した。

聖都『セプテノ』は広大な都市だ。だが、奴は顕現したほんの一瞬で、聖都全体を絶望の糸で覆ってしまったのである。

「この聖都全体が今や奴の巣の中であり、そこにいる人々は単なる食糧というわけか」

俺の言葉に、

「そんな、たった一体で聖都を……。信じられない」

「ゆえに人類の天敵……。人を食べることのみに特化した上位概念体」

アリシアとローレライが息を飲む。

「まずいのじゃ！　このまんまでは聖都が一晩ともたん！」

「それどころではないのう。このスピードならば、明日には近隣の都市が全て丸飲みよ。本当に近くこの国は……、いや人類全体が滅亡するであろうて」

コレットとフェンリルが言った。

その時である。


『ギイイ！！！！』『ギイ！』『ギギギギイイイイ！』

今まで地面だと思っていたものが、わずかに波打ったかのように見えた。

そして、次の瞬間にはまるで蠅の大群のように、ぶわりと飛び掛かってきたのである！

「ラッカライ！」

「はい！　飛竜衝《ひりゆうしよう》！」

ドン！！！！！！！！！

『ギイイイイイイイイイイイイイイイイイイ！！！』

襲い掛かってきた地面がラッカライの素早い迎撃に粉砕される。

ほとんどのそれは動かなくなるが、僅かに衝撃波を逃れた一部がバラバラと、まるで蜘蛛の子を散らすかのように逃げ始める。

「いや、これはっ……！」

「神話に伝わるアトラク＝ナクアの子供たち。アイホートです！　気を付けてください、皆さん！　体内に入られれば卵を植え付けられて、早晩孵化《ふか》します！　早ければ数時間で！　その際体内を食い荒らされてその人は死んでしまう恐ろしい化け物です！」

俺とブリギッテが同時に正体に気づき警告を発する。

そう、この小さな、だが恐ろしい致死性を持つ蜘蛛たちこそが、神話においてもっとも人を殺戮した元凶だったからだ。

しかし、

「きゃっ!?」

アリシアが悲鳴を上げた。

「す、すみません。い、一匹の中に……」

「入ったか！」

俺の問いかけに、アリシアは、

「わ、私死んでしまうんですね……。あ、あはは～、こ、こんな死に方をするとは、お、思いませんでしたが」

軽い調子で言う。

しかし、カチカチと歯を鳴っていた。

「フ、フラグ回収ですね〜。私の弱点は自分には蘇生魔術をかけられないことですからね〜。いやー、最後までドジですみませんでした。どうして……いつもアリアケさんの前では、こうなんでしょうか」

彼女は困ったような表情で俺を見つめながら、

「そうだ！　どうせ死ぬのでしたら、アリアケさんにちゃんと伝えておきたいことがあるんです。私、ずっと、あなたの……」

「馬鹿を言うな」

「へ？」

俺は彼女が何を言うのか聞くつもりもなく、言下に否定した。

「俺がお前を死なせるはずがないだろう？」

「で、でも。神話では助かる手段はないって」

「そんなことはない」

俺は余裕の風を装って言う。

断固として否定した。

「神話の最終章ではこう伝わっている。アトラク＝ナクアが封印された時、その子供たちも同時に消滅した、と。つまり、俺たちの目的は何も変わらない。俺たち賢者パーティーで、あの化け物を倒せばそれで済む話だ」

俺の言葉に、

「なんじゃ！　それじゃったら儂でも何とかやれそうなのじゃ！」

「ボクも全力を尽くします！　お姉様を助けます！」

「我も従僕ゆえ、役目を果たそうとするかのう。せっかくゆえ、ハッピーエンドを見たいとも思っておるゆえなぁ」

「ローレライ・カナリア……。いえ、ローレライ・アルカノン！　行政区長の娘として、この聖都とアリシアさんを救います！」

パーティーの皆が次々に声を上げた。

皆の言葉に俺は頷く、

「そうだ、いつもとやることは変わらない。俺たちは最高のパーティーだ。誰も傷つかず、ついでに世界も救う。だから」

俺はアリシアの方を優しく見やり、

「安心しろ、アリシア。お前とこんなところでサヨナラするつもりはない。幼いころに約束しただろう？」

「アー君……。あの時の約束……覚えて……」

そんな会話の最中であったが、

「第2波！　第3波！　えーっと、沢山ですね！　数えきれないほど来ます、先生！　そ、それに生き残っている市民の人たちにも襲い掛かろうとしています！」

「倒しながら前進！　それに生き残っている奴らを助けないわけにはいかない！　各自遊撃しつつ、連携して進むぞ！　円陣を組め！　蜘蛛一匹通すな！」

「「「「「おう！」」」」」

俺たちは密集陣形をとりながら前進する。

「邪魔ーなのーじゃあああああああああああああ！」

ゴオオオオオオオオオオオオオオオン!!

コレットの火の玉が着弾し、アイホートを焼き尽くせば、

「どっせえええええええええええええいいいいいい！」

アリシアの正拳突きによる衝撃が直線状の蜘蛛たちを粉々に引き裂く。

「ブリザード・ジャベリン！」

「ファイヤーランス！」

フェンリルとローレライが攻撃魔法で一掃していった。

「大丈夫ですか！　はぁ！」

「た、助かりました！　た、確かあなたは聖槍の使い手ラッカライ様っ……！」

「ボクのことはどうでもいいです！　さあ、ボクたちが来た方向はまだ安全です！　そっちへ！」

「あ、ありがとうございます！　さ、さすがお噂に聞くアリアケ様ご一行様だ！」

「国教の救世主様に違いない!!」

「いいから早く！」

いちいち拝もうとするブリギッテ教徒たちを急《せ》かしたてながら、俺たちは前進する。

まさに四方八方から。

千を。万を。無数の蜘蛛《アイホート》が津波のように押し寄せてきた。

それを俺たちは次々と排除していく。


「《スピードアップ（強）》」

「《動体視力向上（強）》」

「《回避率アップ（強）》」

「《直感付与》」


俺は多重スキルを使用し、戦力を数倍に向上させる。そして、並外れた賢者パーティーの攻防一体の連携力を更に強化した。

そして、

「彼女《フォルトゥナ》は……あっちにいるようです」

ブリギッテがある方向を指し示す。

「どうして分かるのじゃ？」

コレットが首をかしげる。すると、

「それはアリアケ様がよくご存じかと」

ますます首をかしげるコレットに、俺は苦笑を浮かべるのだった。

やれやれ、あいつには苦労をかけられるな。

「死んでないといいが……」

こうして俺たちは少しずつではあるが、確実に、人類に最期をもたらす現象アトラク＝ナクアへと迫って行ったのであった。


「いましたよ、アリアケさん！」

アリシアが言った。

俺たちはアトラク＝ナクアの子供たち《アイホート》を蹴散らしつつ、そして住民たちを救いながら前進し、ついに再び人類の天敵アトラク＝ナクアと遭遇する。

その姿は最初会った時よりも数段巨大化していた。

先ほどまではせいぜい5メートル程度であったのが、今は10メートル……。いや、それ以上の巨軀の化け物へと変わっていたのだ。

「早かったのですね？　ですが、久しぶりの食事は堪能できました。おかげ様でほら、こんなに育ちました」

彼女……いや、かつてフォルトゥナと呼ばれた者は、巨体にもかかわらずクルリと回った。化け物のはずがその姿はどこか優雅だ。

そんな彼女は微笑みながら口を開いた。

「ですが、メインディッシュ《勇者ビビアたち》はまだ食べていませんよ。強力な悪魔除けの札が張られていたものですから」

見れば彼女の後ろには、糸でぐるぐる巻きとなり、口から泡とよだれを垂らした哀れな姿で、ビビア、デリア、プララたちがいた。

「それにしても、本当に驚きました。一番信頼していたのに」

彼女がそう言って、一人の人間をそっと手前に置いた。

それは……。

「バシュータ！」

「は、はは。旦那、お久しぶり……」

満身創痍で息をするのも苦しそうだ。

だが、生きている！

「これは単なる興味なのですが、彼をいつ洗脳から解放したのですか？　そんなタイミングはなかったと思うのですが……」

渇愛の悪魔は美しい少女の顔を微笑ませながら、蜘蛛の体より糸を四方へと吐き出した。

それと同時に、メインディッシュ《ビビアたち》が逆さづりになる。

「最初からさ」

「そうなのですか？」

悪魔がぽかんとした。

「最初にお前たち《フォルトゥナ》が襲撃してきた時、バシュータが煙幕を使っただろう？　だが、あそこで煙幕を使う必要はない。なぜならビビアの視界もふせぐことになるからな。あれは俺の目を欺くためではなく、フォルトゥナ、お前の目を欺くためのものだ。バシュータが俺の指示を聞くためのな」

「そうだったのですか。ですが、どうして私の洗脳が効いていなかったのですか？」

「以前、彼には俺の状態異常無効スキルを使ったことがある。それが残っていた」

「持続強化スキルとの併用ですね。普通はそれほど長く持続することなどないのですが、あなたならば不思議ではありませんね」

ことの顚末を全て聞いても、フォルトゥナはやはり微笑んだままであった。

白亜色の蜘蛛の体に美しい女性の半身を載せた悍ましいフォルムだが、どこか神秘的ですらある。

「やはり最初にアリアケ様。あなたを仕留めることができなかったのが失敗でしたね。あなたの差し金で、ブリギッテ様やリズレット様も捕食できませんでした。300年準備した計画をずいぶん練り直したのですよ。せっかく作った軍団《ドラゴンレギオン》は元々陽動のつもりでしたが、まさか全滅するとは思っていませんでしたし」

彼女はおかしそうにクスクスと笑った。

そして、言った。

「ところでアリアケ様。気づいていらっしゃいますか？」

「何をだ？」

俺は首をかしげる。

「あなたが私の喉元に短剣を突き付けていたように」

彼女はやはり透明に微笑みながら、

「私もあなたの喉元に短剣を突き付けていたのですよ？　ねえ？」

そう言って、俺の背後に立つ少女の名を呼んだ。

「ローレライ・カナリア様？」

その瞬間。

ズバッ！！！

ローレライのふわふわとした緑の髪がひるがえるのと同時に、その手に持った短剣が、俺を背後から突き刺し、貫通したのであった。


俺の背中に熱い衝撃が走る。

「ローーレ……ライ……」

俺を貫通したナイフがローレライによって引き抜かれると、ドバドバと大量の血が噴き出した。

「残念でしたね、アリアケ様」

フォルトゥナが美しい声で謳う様に言った。

「私の喉元に短剣を突き付けていたおつもりだったようですが、それは浅知恵というものです」

彼女は慈悲深く微笑むと、

「おかしいと思いませんでしたか？　あなたを最初襲った時、どうしてローレライ様だけが正気だったのか。理由は簡単ですね。そう言う風に私が仕向けたからです」

ローレライは冷めた表情で、倒れた俺の方など一顧《いっこ》だにせず、ゆっくりとフォルトゥナの方へと歩いていった。

その行動を止めることができる者など誰もいない。

「さて、では一番の敵であるアリアケ様は仕留めました。次はバシュータ様を殺しておくのがいいですね。個人の戦闘力は大したことがないのに、人というのは不思議な生命力が備わっているものです。さあ、ローレライ様？」

「分かり……ました……」

彼女は血の付いたナイフをハンカチで拭《ぬぐ》うと、フォルトゥナの前に立ち、その足元に転がるバシュータの方を見た。

「目を……覚ませ、ローレライ……。あんたらしくもない」

「私らしさとは何ですか？　バシュータさん？」

彼女はナイフを振り上げながら聞いた。

「いつも冷静で、周りを和ませていたアンタらしくもない。みすみす悪魔なんかに操られるタマじゃないだろう」

その言葉にも、やはり彼女は一切表情を変えない。

いつもならしない無表情で答えた。

「それは無理ですよ、バシュータさん」

そう言って、勢いよく、ナイフを振り下ろした！

「私だって、ラスボスに攻撃を仕掛けるのは、さすがに緊張しますから!!」

ズバっ！！！！！！！！！！！！！！！！

「…………………エ？」

そう、それは初めて。

「…………………エエエエエ？」

渇愛の悪魔。

「…………………エエエエエエエエエエエエ？」

人類の上位存在。人類捕食現象。

アトラク＝ナクアの口から、驚愕と悲鳴が上がったのである！

「裏切ったのですか、ローレライ様」

「何を不躾《ぶしつけ》なことを言う悪魔でしょうか。あなたの仲間になった覚えはありません」

人類の天敵相手に、さすが大教皇の娘、ローレライ・アルカノンは淡々と言い捨てる。

「まぁ、厳密には」

やれやれと、俺は服の埃《ほこり》を落としながら立ち上がる。刺されたと見せかけたのはスキル《フェイク》による目くらましだ。

「バシュータが煙幕を使った際に洗脳をスキル《状態異常解除》で回復させた。お前の言った通り、おかしいと思ったさ。ローレライだけ正気だったんだからな。当然、この俺が気づかないはずもなかろう？」

「なるほど。それは分かりました。ですが、解《げ》せません……。本当に解せないのです……」

彼女はローレライに傷つけられた体を、信じられないものを見つめるかのように言った。

「人類の上位存在たる私に攻撃は効かないのです。無効のはずなのですが……。なのに、ローレライ様の攻撃は、まるで私の体を傷つけたように見えます。これもアリアケ様のスキルによる錯覚なのですか？」

「いいや。人類の短剣は確かにあなたに届いた」

俺はそう言いながら、杖を構える。

「切り札の一つや二つ、用意しておくものさ」

七色に光る宝玉が美しく魔力の錬成を行う。それを見て、フォルトゥナの瞳が見開かれる。

「アリアケ・ミハマ様……。その杖をいつからお持ちになったのですか？　出会った時は持っていなかったはず」

「シャーロット王との飲み比べで勝ったんでな。昨夜のうちに、一番良い杖をくれと言った。知っているか？　ドラゴンは財宝をため込むものだ」

「それが聖剣ラングリス、聖槍ブリューナク、聖弓ミストルテインと並ぶ第4の聖具。『大賢者の杖ケルキオン』であることもご存じなのですね？」

「無論だ。そして、あるとすればドラゴン王の宝物庫だろうとも思っていたさ」

俺は頷きながら、付け加える。

「それに、俺以外に誰がこの杖を所有する資格がある？」

俺はそう言うと、聖杖の固有スキル《人類の剣》をパーティーメンバー全員へと行使する。

それは人類の危機に際して、決して折れない『剣』となるスキル。

たとえ相手が神であれ、上位の存在であれ、人類を捕食する神話時代からの天敵であれ、決して負けない人類の砦となるスキル。

これによって、人類の短剣は、その天敵に刃を届かせることができるだろう。

「さぁ、始めようじゃないか、人類捕食現象アトラク＝ナクア」

俺たち賢者パーティーが陣形を作る。

「人類の砦《切り札》たる俺を倒し、人を滅亡させることが果たしてできるかな？」

こうして、人類の存亡を決する戦いの火蓋《ひぶた》が、俺の言葉とともに切られたのであった。


ドオオオオオオオオオオオオオオオオオオオオオオオオオオオオオオン！

コレットが吐き出した火炎放射が、周囲一帯の大地を切り裂くように走る！

その熱量で大地は沸騰し、マグマのごとく溶けだした！

同時に、今まであった美しい建物は消滅し、深さ数百メートルの裂け目が聖都のど真ん中に出現する！

だが、

「アリアケ様！　聖都が消滅しても構いません！　ここはフォルトゥナを世界に解き放たないために作られた、ただその目的で作られた人類救済都市!!　その役割を果たすのにためらいは不要です！！！」

始祖ブリギッテが叫んだ。

「無論だ！　聖都を守りながら戦うような、そういう行儀のよい戦闘は不可能だ。出し惜しみはなしだ！　避難は？」

「完了しているかと！」

「よし、多重スキル!!」


「人類の脅威殲滅（超）》」

「《攻撃力アップ（超）》」

「《クリティカル率アップ（超）》」

「《素早さアップ（超）》」

容赦なくスキルを使用する。

神話の戦いに人類の常識など通用しない。

こと、俺が聖杖ケルキオンを引っ張り出すほどの戦いには！

「少し熱かったですが、この程度では効きません」

地形が崩壊するほどのコレットの攻撃を受けても、アトラク＝ナクアはやはり微笑んでいる。

「では、次はこちらから」

そう囁くと、閉じがちだった瞳を大きく見開く。

「‼　最高位結界！　《呪殺無効》‼」

「私も手伝います！！！」

俺たちの前に十枚はあるかという大結界が重なるように張られる。

それは現代最高の聖女であるアリシア・ルンデブルクと始祖ブリギッテの、神の攻撃さえも弾かんとする聖なる盾だ。

パン！！！！

だが、

「一枚……」

パン！！！！！

「二枚……」

パンンンンンン！

「三枚……四枚……」

最高位結界がアトラク＝ナクアの瞳に見つめられるだけで、崩壊していく。

と、同時に、

『ポン』

間抜けな音が背後から聞こえた。

「先生！　ま、街が!?　ボクたちの背後の街にあ、穴が!?」

「分かっている！　だが、今は目の前の人類捕食現象のみに集中しろ！」

「は、はい！」

ラッカライが驚いたのも無理はなかった。

なぜなら、大結界に守られていない、アトラク＝ナクアの視線の先にあるものが、まるでくりぬかれたようになっていたからだ。

美しい聖都の街並みが、突如かじられたかのようにポッカリと巨大な穴が開いているのはどこまでもシュールで冗談めいていた。

だが、

「やれやれ、冗談ではないぞえ」

皆が思っていることをフェンリルがぼやくと、

「獣たる我へ。正体を顕《あらわ》して、月の夜、万物を屠《ほふ》る白き大神《おおかみ》」

そう呟くと同時に、

「グオオオオオオオオオオオオオオオオオオオオオオオオオオオオオオオオオオオオオン！」

その体を一瞬にして気高い巨大な狼の姿へと変えた。

十聖フェンリルの最強の姿に！

「グオオオオオオオオオオオオオオオオオオオオオオン！！！」

雄たけびとともに、その数十メートルに及ぶ巨大な体でアトラク＝ナクアへと躍りかかる。

『ドオオオオオオオオオオオオオオオオオオオオオオオオオオオオオオオオオオン！！！！』

巨大な顎《あぎと》にて蜘蛛の上半身部分を咥《くわ》えると、そのまま引きずるようにして聖都を縦断する。

まるでその神話の巨人同士の戦いは、通った後にもはや何も残さない。

人類が築いた巨大な建造物は軒並み押し倒され、まるでゴミのように引きずられるアトラク＝ナクアの背後にたまっている。

だが、それでもフェンリルの突撃は終わらない。

「グオオオオオオオオオオオオオオオオオオオ！！！」

『ドオオオオオオオオオオオオオオオオオオオオオオオオオオオオオオン！！！！』

「教会本部！」

さすがに超巨大建造物である教会本部を倒壊させるには至らず、アトラク＝ナクアはそこに勢いよくぶつかって止まった。

だが、フェンリルの攻撃は止まらない。

フェンリルが咆哮を響かせるのと同時に、

『ギチギチギチギチギチギチギチギチ』

肉の弾けるような音が聖都へと鳴り響いた。

「アトラク＝ナクアの上半身をかみちぎろうとしているんですね！」

「違う、逆だ！　フェンリル、離脱しろ！」

「へ？」

ローレライがポカンした声を上げるが、

「お前が捕食される」

「いいいいいいい」

「なっ!?」

そう、信じられないだろうが、フェンリルがまさに追い詰められていた。

フェンリルの噛みついた口元に、アトラク＝ナクアの上半身。ほんの小さな少女の唇がそっと触れていた。

そこから、

「グ、グオオオオオオオオオオオオオオ！？？！」

「さすがに美味ですね。千年を生きる獣というのは味わい深いものです」

まるでその光景は蛇。

何倍も大きい相手を、どういう理屈なのか、少女の唇が大きく広がっていき、どんどんとフェンリルの頭部を飲み込み始めたのだ。

「ラッカライ!!」

「はい、先生! ごめんなさい、フェンリルお姉様! 次元切断《デイメンション・スピア》!」

ラッカライが聖槍ブリューナクの奥義を使用する。

その奥義によって、直線状の物体が全て切断されていった!

そして、

「グオオオオオオオオオオ! ふぅふぅ、ふ、ふふ、助かったのう……。ちと痛いがのう……」

フェンリルが後退してくる。

その頭部の前方部分をラッカライに切除されたままに。

「ご、ごめんなさい!」

「謝るなど不要よ。あのままでは我が食われておったことくらい理解しておるゆえの。アリシア?」

「《大天使の優しい雨《エンジエル・スコール》》!」

欠損はすぐに回復していく。

やれやれ。

それにしても、気にしないとは言ったものの。

「聖都を崩壊させるほどの戦いをしておきながら、ノーダメージとは、何だか申し訳ないな」

俺は苦笑する。

周囲を見れば、美しい聖都は今や、断崖絶壁や蒸発した大地、そこかしこから吹きあがる熱水、崩落寸前の大地。そして、まるでかじられたようなシュールな街並みと瓦礫といった風景になっていた。

「諦めてはいかがですか？」

と、そんな俺たちに向かって、無傷のアトラク＝ナクアがゆっくりと迫ってくる。

（いや、完全に無傷というわけではない）

俺は首を横に振る。

余りにも回復が早く、あたかも無傷に見えるのだ。

（それを確認するために、彼女に最初わざわざ危ない橋をわたってもらったのだから）

「あなたたちの上位存在に食べられるのは自然の理《ことわり》ではないですか？」

彼女はやはり余りに白い美しい顔に微笑みを浮かべて、諂うように、毒のように、

「さあ、早く私の血肉におなりなさい。美味しい私の家畜たち」

「ふむ、だいたいその位置かな？」

と、俺は彼女がゆっくりと近づいて来たのを眺めてから、頷きながら言った。

「……何をおっしゃっているのですか？」

一方のフォルトゥナは純粋な疑問といった風に首をかしげた。

「いや、別に大したことじゃないさ」

俺は首を横に振りながら、

「ただ、作戦通り、パーティー全員の力で、お前をその位置まで移動させることにまんまと成功したな、と思ってな」

俺はそう言いながら、杖を真上に構える。

「位置……。位置……。この場所は、教会本部の前……、それが一体…………………っ!?」

「観光していた時に聖都のすべての位置関係は確認済みだ。あれは。あの場所は」

そう、

「地下封印遺物《アビス》のある場所は、ちょうどお前の真下だよ、人類捕食現象アトラク＝ナクア!!」

俺はそう言うのと同時に、スキルを使用する。


「《攻撃力強化》!」

「《巨人の力付与》!」

「《筋力強化》!」

「《防御力ダウン付与》!」

そして、

「《決戦付与》！」

その力を俺は、

「アリシア！　そしてブリギッテ！」

「はい！」「ええ！」

人である二人に付与した。

「ドラゴンと渡り合う力を持つお前たち二人なら、大地を崩すことなどお手の物だろう！」

俺の言葉を待たず、二人は大きく深呼吸すると、

「ぶっちゃけ、結界張るのよりよっぽど得意です！」

「殴り愛の精神をお見せしましょう!!」

賢者パーティー最強の攻撃力を持つ彼女たちの拳に、尋常ではない力が込められる。

「コレット！　最初の攻撃でこの辺り一帯は……」

「大丈夫なのじゃ！　旦那様の指示通り、崩落寸前にしておる！」

よし、

「やれ、大聖女たち！」

「いきますよおおおおおおおおおおおおおおおおおおおお！」

「チェストオオオオオオオオオオオオオオオオオオオオオオオオオオオオオオオオオオオオオオ！！！！！」

ドオオオオオオオオオオオオオオオオオオオオオオオオオオン！！！

バキバキバキバキバキバキバキバキ！！！！！！！！！！！！

地割れっ……。

いや、そんな生易しいものではない。

この区画一帯。

教会本部を含む、半径100メートルが崩落し始めたのである！

「驚きました。ですが、糸さえ張れば……」

だが、崩落に巻き込まれながらも、アトラク＝ナクアは冷静に糸を放ち逃れようとする。

しかし、

「ビビア！」

「うっせえええええええええ！　俺に命令をぉぉおおおおおおっ……！！！」

耳障りな絶叫とともに、一人の男がアトラク＝ナクアへと突っ込んでいく。

そして、

「するんじゃねえええええええええええええええええええええ、くそがあああああああああああああああああああああ！！！」

そう叫びながら、聖剣ラングリスによって、生成されたばかりの糸が両断されたのである。

「ぎゃーっはっはっはっははっはは！　ざまあああああああああああ！　俺を操るなんてまねしやがったからだ、ボケがあああああああああああああああああ」

「あなたのような虫けらが私の糸を切れるわけが……。いえ、違う……。これがアリアケ・ミハマ様の力……。シングレッタ神に認められるということなのですね」

「《落下ダメージ無効》！」

俺がスキルを行使する声とともに、大崩落を起こす大地はそこにいた全員を飲み込みながら、地下封印遺物《アビス》へと落下していったのである。

8、花の聖域

地下へ落下した俺たちはすぐに立ち上がる。

「残念ですが、この程度のことで、私を倒すことはできませんよ？」

同時に、アトラク＝ナクアが無傷の状態で言った。

数百メートルを落下したにもかかわらず、全くダメージを受けていないらしい。

「落とし穴に落としても私は傷つけられませんよ？」

おかしそうに微笑んだ。

「それとも、地下封印遺物《アビス》にまた封印しようとでもたくらんでいるのですか？」

彼女は少し首をかしげて、

「ですが、それも無駄ですよ？　前回のようにドラゴンたちが総力戦を行い、最高の聖女だったブリギッテが共闘を行い、やっと300年の封印に成功したのですから。ですが、今回そんな用意はさせません。そのためにドラゴンたちを洗脳したのですから」

彼女は微笑んで周囲をゆっくりとみまわした。

俺がスキルを使用したにもかかわらず、暴れていた勇者は落下の衝撃をくらったようで一人地面に伸びている。

「さあ」

アトラク＝ナクアがゆっくりと迫ってきた。

「今度こそ終わりですね。楽しませてもらいましたよ。上位者の私を楽しませた上にお腹も満たしてくれるのですから褒めてあげないといけませんね」

しかし、そんな彼女の言葉を聞いて、俺はやれやれと肩をすくめたのである。

「何を言っている？」

俺は微笑みながら、

「別にお前に攻撃をしようとしたわけではないぞ？」

「……どういうことですか？」

俺はもう一度肩をすくめると、

「俺はただアリシアをこの場所へ連れてきたかっただけさ」

そう。

アリシア・ルンデブルクを。

歴史上、最高の回復術士を。

そして。

歴史上、最高のポーター《賢者》である俺とともに。

「約束の、最高の花畑を一緒に見たかっただけだ」

「花？　……さっきから一体何を言っているのですか？」

そう。

お前は見ていないだろう。

復活してすぐに上層階へのぼってきたお前は見逃した。

この部屋の扉の前にひっそりと咲いた、その美しい花々を。

魔を吸収し浄化する、聖なる花のことを。

「まさかこれは。黒花《ブラック・リリイ》、どうしてここに？」

アトラク＝ナクアが驚いた表情を浮かべた。

「俺がプレゼントのために集めたからだ！　さあ、アリシア！」

「うん、アー君！　きて！」

俺は聖杖『ケルキオン』をかかげた。


「《進化促進（超）》！」

「《神聖魔法強化（超）》！」

「《魔力強化（超）》！」

「《神々の恩恵》！」

俺のスキルに呼応して、アリシアが詠唱を開始する。

「星の息吹よ！　今ここに命宿らす癒しをもたらせ！　聖級回復魔法！　《最も原初なる天地創造《フェイス・オリジン》の雨》!!」

俺のスキルによって、普段使えない上級の更に上……。それこそ神話にしか登場しない聖級魔法をアリシアは使用する。

それは損なわれたものを修復するという回復という概念の枠を超え、新たな命を宿すという神々のみに許された原初魔法《フェイス・オリジン》。

「回復魔法？　それで一体何を……」

次の瞬間。

ヒヨコ……。

ヒヨコ……。ヒヨコ……。ヒヨコ……。

ヒヨコ……。ヒヨコ……。ヒヨコ……。ヒヨコ……。ヒヨコ……。ヒヨコ……。

「これ……は……芽？」

彼女が茫然としている間にも、その地面を割って生えた芽は、地下封印遺物を覆うように広がり、地下の地表すべてを一瞬で緑色に変えた。

そして、次の瞬間。

サァ……。

「わあ………」

アリシアが感動するように呟いた。

「図鑑で見た通り。本当に奇麗……」

そう。広がった黒花《ブラック・リリイ》の花々だった。

アリシアの命を生み出す聖級魔法によって、黒花《ブラック・リリイ》が地表を覆うほどに増えたのだ。

地下封印遺物の悍ましい光景が幻想的な花園へと変わる。

「よし……。コレット!!」

「あいあいさー！　喰・ら・う・のじゃあああああああ！」

そう叫びながら火球を吐き出す！

ドオオオオオオオオオオオオオオオオオオオオオオオオオオオオオオン。

数千度の火球が直撃し、大轟音を立てた。

しかし、

「無駄です」

涼しい声でアトラク＝ナクアが言った。

「さっきと同じですよ。多少熱いですが、それだけです。こんな火傷もすぐに回復して……」

だが、彼女は最後まで言うことができなかった。

なぜなら、

「なぜ、回復しないのですか？」

「そんなことは決まっているだろう」

俺は彼女の疑問にあっさりと答えた。

「黒花《ブラック・リリィ》は邪悪を吸い取り浄化する聖なる花。ここはその花園」

何より、

「俺とアリシアが協力して作り上げた花園だ。いわばここは世界で最も清らかな『聖域』。傷どころか死者の存在さえ拒むほどのな」

「あなたは、まさか、そのために、私をここへ落としたというのですか？」

彼女は俺をまっすぐに見ながら、

「最初から計算して？」

だが、それにも俺はあっさりと、肩をすくめながら、

「当たり前だろう？」

それに、

「言ったはずだぞ？」

俺は杖を掲げる。

「切り札の一つや二つは用意するものだ、とな」

その言葉に、アトラク＝ナクアの顔から表情が消えたのだった。

「聖域に私を誘い込んだくらいで良い気にならないでもらいましょう。私は……」

微笑みを消したアトラク＝ナクアは俺たちを凝視した。

そして、ゆっくりとはっきりと告げる。

「私は人類捕食現象アトラク＝ナクア。あなたたちの天敵。人類を死滅させることに特化した星の意思……」

彼女の体内から、見たことのないほどの数の『アイホート』があふれ出す。

「私の全存在。全生命。全能力を使い……」

いや、それだけではない。

「あなたたち人類を死に絶えさせましょう」

『ギイイイイイイイイイイイイイ!!』

『アイホート』の中には、見たことのない個体が多数含まれていた。それは俺たちほどの大きさがあった。

「はああああああああああ！　邪龍一閃・壱の型!!」

ラッカライが迫りくる蜘蛛の群れに聖槍から波動を放つ。

その一撃は一瞬にして蜘蛛の群れに大穴を開けた。

しかし、

『ギイイイイイイイイイイイ!!』

「しぶとい！！！」

『ギシッシシッシシシシシイイイイ‼』

聖槍の一撃で頭や胴体を吹き飛ばされても、その大型の蜘蛛は死なず、むしろ嗤い声のような奇声をあげながら迫ってくる。

ラッカライはそいつらに次々にとどめをさす。

が、その一瞬の間にもアトラク＝ナクアは、俺たちを押しつぶさんとばかりに間断《かんだん》なく、地表を埋め尽くすほどのアイホートを生み出し続ける。

俺はすぐに聖杖を振るった。

「《延焼効果付与》！《決戦付与》！　コレット！」

『オオオオオオオオオオオオオオオオオオオオオオオオオオオオ！！！』

少女が黄金の光を放ちながら、真の姿を取り戻す。

黄金竜としての神のごとき力が解放される。

『焔よ立て《ラス・ヒューリイイイイイ》！！！！！！！！！！！』

ゴオオオオオオオオオオオオオオオオオオオオオオオオオオン！！！

コレットの一撃はアトラク＝ナクアとアイホートを巻き込みながら大爆発を起こした。

ここが地下封印遺物でなければ、何も残らない不毛の大地になるほどの超爆発だ。

だが、

「ギィ！　ギィ！　ギイ！　ギィイイイ！　ギシッシシシッシシシシイイイイ！」

大きな蜘蛛たちが重なりあうようにして、隙間のない大きな盾のようになり、アトラク＝ナクアと他の奥にいる個体たちを守った。

そして、無事だった個体たちは何のためらいもなく表面の焼け焦げた仲間の死骸を押しのけ、再び波のように押し寄せて来る！

「仲間を盾にするとは、まさに悪魔なのじゃ!!」

「だが数は減らせているようであるぞえ？　このまま我らは守備を固めるのかえ、主様？」

フェンリルが冷静に観察しながら俺に聞く。

「いや、アイホートを幾ら倒しても、本体を倒さなければ意味がない。というか」

俺は素早く次のスキルの準備をしながら言う。

「今しかあいつを倒すチャンスはない。復活したてで、俺の作った聖域で、この俺とお前たち賢者パーティーメンバーが全員そろっている状態の今しか、おそらく奴を倒す機会はない」

「であるな。それではアリシア？　そして始祖よ」

「ええ、風穴を開けましょう！　前進！　前進！　前進です!!」

「コレット様が数を減らした今が好機です」

「だが無理はするな。あの強化アイホートは速く強い。一体一体がS級モンスターレベルだ。《クリティカル率アップ》《攻撃力アップ》《防御力アップ》《無敵付与》《素早さアップ》」

「分かってますとも！」

「ローレライは俺と共に距離をとって常時回復魔法を使用しろ。《魔力量アップ》」

「了解です！」

「よし！　行くぞ!!」

敵に対して《防御力ダウン》を使用しつつ、俺たちはアイホートの群れをつっきていく。

その光景ははたから見れば海が割れているように見えたかもしれない。

だが、それは無論そうではない。

「対滅大結界！　《絶対神層《ディスペル・アルテミシア》》!!」

「対魔大結界！　《禁足神域《ディスペル・シングレッタ》》!!」

「はあああああああああああああああああああああああ！！！」

コレットの攻撃で薄くなった箇所に、神話級の大結界を二重にまとったフェンリルが全力で突っ込んだ。

その加速は音速を超え、触れるものを蒸発させ、弾き飛ばし、踏み込んだ一撃は大地を鳴動させる。

視認できない一歩がアイホートの群れに深い穴を開けていく。

無論、敵はその穴をすぐに埋めようとするが、

「《攻撃範囲拡張付与》。ラッカライ！」

「秘龍槍・下り落星龍《ミズガルズスオルム》！！！」

迫りくる蜘蛛たちを全て聖槍ブリューナクで大地へ縫い留めていく！

「消滅させずせき止めるために敵を縫い留めるとはさすがなのじゃ！！！」

「抜けますよ！　アリアケさん！」

蜘蛛の海を、神がそうするがごとく割り、俺たち賢者パーティーは白い悪魔の前にたどり着いた。

「アリアケ・ミハマ。あなたは本当に、人間ですか？」

彼女はそう純粋な疑問といった風に呟く。

同時にそこら中から糸が伸ばされた。

「《スピードアップ》！　《回避付与》！」

「……人類捕食現象《ヒューマンスープ》」

しかし、糸を回避した次の瞬間、彼女が呟いたのと同時に、周囲全体がドロリと溶け始める。

(世界の表層を腐らせるほどの呪い！)

だが、

「ローレライの常時回復のおかげで数秒は問題ない！　ブリギッテ！　ラッカライ！」

「「はい!!」」

「次元ごと切除！」

「対界結界!!　《アビス・メルヒエン《界層封印》！》！」

「《ラグナログ・パージ《原初の次元断》》！」

プツン。

外界とのあらゆるリンクが消滅する。

先ほどまでの戦いが嘘のような無音が支配する絶対の空間。

そこに、

「アリシア、コレット。空間を創って、ぶち込んでやれ。《魔力量アップ（超）》《攻撃力アップ（超）》」

「いいですとも！　コレットちゃん、アリアケさんからもらった魔力で、結界で無理やり空間に通路を創りますよ!!」

「了解なのじゃ！　旦那様！　アリシア！　ぬ！　お！　りゃあああああああああああああああああああ！！！！！！！！」

ドゴオオオオオオオオオオオオオオオオオオオオオン！！！！

「ギイイイイイイイイイイイイイイイイイイイイイイイイイイイイイイイイイイイイイ！？！？！？」

アリシアの創った結界通路を駆け抜け、コレットが渾身の一撃を思いっきりアトラク＝ナクアへとぶち込んだ。

それによって美しい少女《アトラク＝ナクア》の口からは、その姿にはそぐわない、アイホートよりも何百倍も悍ましい奇声めいた叫び声が響き渡る。

そう、それは人類捕食現象アトラク＝ナクア……。

微笑みしか浮かべたことのなかった、あの人類の上位者と呼ばれる存在。

それがついに、人類の攻撃によって恐怖を感じ、苦痛を覚え、思わず口から漏れた悲鳴なのであった。


「……確かにあなたたちの一撃は私に届きました」

赤い血を胴体から吹き出しながら、アトラク＝ナクアは口を開いた。

「ですが、それはただそれだけの話です」

彼女は素早い動きで距離を離す。

「この花の聖域という限定された条件下だけの話。アリアケ・ミハマとその仲間たち……救世のパーティーが万全の態勢で私の前にいるというその稀有な状況。何億分の一というごく偶然生じた現象に過ぎません」

彼女は糸を吐き出すと、それを伝って壁面にとりついた。

そして、やはり謳うように言葉を紡ぐ。

「私をここにつなぎとめられる者はない。私はいつでもここを出ればいいのですから。それをあなたたちに防ぐ手段はないでしょう」

「ラッカライ！」

「はい！」

ラッカライが衝撃波を放ち追撃する。しかし、

「脚などくれてあげましょう。私がこの穴から這いずりでれば、もはや私に負ける可能性は一片もありません」

そう言ってアトラク＝ナクアは壁を凄まじい速度でよじ登って行く。

「それではさようなら。いいえ、違いますね」

彼女は首を振ると、俺の目を真正面から見据え、

「次に会うときはあらゆる苦痛を与えてから捕食してあげましょう。ああ、どれほど珍味でありましょう。アリアケ・ミハマ様」

今から楽しみです、と彼女は舌なめずりをしたのだった。

しかし。

「ふっ」

俺はそんな彼女を見て鼻で嗤った。

知らないのか？

アトラク＝ナクア。

獲物を前に舌なめずりは、

「素人のやることだ。そんなことは」

俺は聖杖を掲げる。

「ビビアだって知っているぞ！」

俺がそう言った瞬間である。

ドスドスドスドスドスドスドス！！！

ドガガガガガガガガガガガガガガ！！！！！！！！！！

バリバリバリバリバリバリバリバリ!!

ゴオオオオオオオオオオオオオオオオオンンンン！！！！

今まさに聖域の外へ脱出せんとしていた人類の天敵に向けて、一斉に数千の剣や槍、岩や瓦礫、更には炎や雷といった攻撃魔法が、雨あられと降り注ぎ、穴から這い出そうとするアトラク＝ナクアを押し返したのである。

それら一撃一撃は、Ｓ級モンスターを屠るほどの攻撃力を誇っていた！

「ギイイイイ!?　こ、これは一体何が……」

アトラク＝ナクアは攻撃に耐えきれず、岸壁から脚を滑らせ、再び穴の中に落下し始める。

「やれやれ」

一方の俺は微笑みながら、

「人類の存亡をかけた戦いなんだ。ならば、人類全員を率いて戦うのが『人の英雄』の当たり前の戦い方だろう？」

俺が見上げた穴の淵《ふち》には、小さな黒い影が無数に存在していた。

「そうだろう、みんな！」

その問いかけに、

「この聖都の第2位大教皇リズレット・アルカノンが絶対に好きにさせたりはしませんわ！」

「俺は正直人間どもなどどうでもいいがな！　しかしだ！　盟友ブリギッテのためならばひと肌脱ごうではないか！」

「ワシも元S級冒険者として、アリシアの父としていいとこを見せねばならからなあ!!　わーっはっはっはっは！」

「儂はせめてもの禊《みそぎ》じゃ！　まんまと悪魔に操られてしまうとは！　汚名返上の機会じゃ！　存分に槍を振るうぞ！　烈風槍！！！」

「うおおおおおおおおおおおおおおおおお」「アリアケ様に続けえええ！」「ブリギッテ様と大教皇様に続けえええ！」「やはり筋肉は裏切らない！」「この日のために鍛えた上腕二頭筋よ唸れ！」「見せ筋じゃないところを見せてやれえええ」

大教皇にシャーロット王、ハルケン・ルンデブルクにガイア・ケルブルグ。そして戦闘力を持つブリギッテ教徒たち数千人が全員集結していた。

まさに人類挙げての総力戦といったところか。

やれやれ。

(それにしても作戦通りとはいえ、思った以上にグッドタイミングだったな)

彼らに初めから参戦してもらう手もあったろうが、彼らにはアイホートの被害から戦闘力を持たない一般市民を逃がしてもらっていたのだ。でなければ、俺たちもアトラク＝ナクアとの戦いに集中できないから。

「さて、では引き続き、《全体化》《攻撃力アップ（超）》《魔力量アップ（超）》《魔力アップ（超）》《クリティカル威力アップ（超）》……」

「まさか……」

アトラク＝ナクアは落下しながら俺を唖然と見た。

「今まで使っていたスキルは、賢者パーティーだけでなく、《全体化》によって、この聖都の住民全員へ使用していたとでも言うのですか？」

まさかといった風に聞く。

「まぁ大体な」

しかし、俺はさも当然だと頷く。

「でなければ、彼らの攻撃がお前に通るわけがないだろう？」

だが、その言葉にアトラク＝ナクアは微笑みを浮かべる。

「ああ、なるほど」

そして、納得したとばかりに頷くと、

「そうだったのですね。やっと。やっと分かりました。あなたは私と同等の存在……。いえ、あなたが私の天敵。私を捕食する存在なのですね」

彼女はそう言いながら、無数の糸を吐き出し始める。

「ならば、私もプライドにこだわっている場合ではありませんね」

彼女はそう言うと、今度は俺たちのいる地底へと勢いよく落下をし始める。

そして、

「あんな姿にはなりたくないのですが」

そう言って、気を失っていた勇者ビビアへとその巨体を近づけたのであった。

9、真の姿　～最終形態～

「うぎゃあああああああああああああああ!?　放せ、放しやがれ！　この俺を誰だとっ……！　うげえええええええええええ」

「ひぃいいいいいいいいいいいいい、放すのですわ！　虫の化け物ごときが私に触るなんて一万年は早いのですわ！　だから放し、ひげえええええええ！」

「あああああああああああああああ！　なんであたしがこんな目にぃいいい！　あたし以外の奴にしてよ！　あたしは選ばれた勇者パーティーのっ……うんぎゃあああああああああああああああああ！！！！」

聞くに堪えない勇者パーティーのメンバーたちの断末魔が地底に響いた。

「ビビア！　デリア！　プララ！」

「先生！　迂闊に近づくと危険です！」

ラッカライが止める。

彼女の言う通り、迂闊に踏み出せば一瞬で糸の餌食だ。

アトラク＝ナクアは勇者パーティーをゆっくりと捕食しつつ、

「余りに私好みの黒い魂でしたので、非常食にとっていましたが、正解でしたね。やはり脱皮にはこのレベルの濃度のもの《魂》が必要ですので」

そう呟く。

「脱皮？」

「『真の姿』あるいは『最終形態』ということですよ。アリアケ・ミハマ様。私を蜘蛛の糸から解き放つシングレッタ神に認められし御方」

彼女は謳うように言う。

「私は元々あらゆるものを取り込み続ける悪食の悪魔。それが古き神々によって空位であった人類の上位概念にあてがわれたに過ぎません。ですが、それももう必要なくなりました。そんな器はもういりません」

「なぜ？」

俺の問いかけに、

「私があなたを同等の存在と認めたから。あの瞬間から、私はもはや人類の上位存在ではなくなってしまった。私が人類《器》捕食現象の力を失うのは時間の問題です。それなら」

彼女は微笑み、

「本当の《真の姿》自分をさらけ出して、私の至れる『最終形態』にて、世界を破滅させたいと思うのが、悪魔らしいと思いませんか？」

彼女がそう言った瞬間。

ドオオオオオオオオオオオオオオオオオオオオオオオオオオオオオオオオオオオオオオオンンンン！！！！！！！！！！！

彼女の体から、今までとは比べ物にならないほどの魔力がほとばしった。

「ああ、そうそう」

彼女は世間話のように、

「一つ忠告しておきますが」

猛烈な魔力の奔流の向こうでアトラク＝ナクア……。いや、

「器という制約がなくなった私は、もはや今までのように歯止めがききませんので」

悪魔フォルトゥナは、

「人を救いたいのでしたら、私を倒して止めるしかありませんよ、救世主アリアケ・ミハマ様」

悪魔じみた笑い声をにじませながら言ったのだった。

そして、その魔力の奔流が収まった時、俺たちの目の前には、

「なるほど。単体ではなく、もとは群体の悪魔だったわけか」

どおりで幾らでも捕食できるわけだ。

(食べた存在を自分の中に無尽蔵に取り込んでいく。それがお前の真の姿というわけか)

そんなことを悟りながら、俺は目の前に佇立《ちょりつ》するその存在を見やる。

その全長は100メートルはあるだろう。

だがその体は一つではない。数十メートルに及ぶ胴体が幾つも絡み合っていた。その胴体の首の

上には、先ほどまでの白い少女の顔もあれば、悪鬼として形容できない顔もある。口と歯だけのものもあれば、獣もいた。そして、人の小さな顔がところどころに浮き出てうめき声を上げている。

これこそが渇愛の悪魔フォルトゥナ。

星のあらゆる生き物を全て捕食する存在《最終形態》。

そんな人類史上最悪の……いや。

俺は首を振る。

あらゆる生命の天敵が、真の姿《最終形態》をこの地上に顕現させたのだった。

「怯むな！　全員攻撃の手を休めるな！」

「ええ、みんな休憩はこの戦いの後ですわ！」

「今が好機じゃ！　最終形態なにするものぞ！」

「かかれええええええええええ！」

シャーロット王にリズレット、アリシアとラッカライの父親たち。いずれもS級モンスターを一ひねりするほどの猛者ばかりだ。

そして、彼らの攻撃に遅れまいと、強大な力を有したブリギッテ教徒たちが一斉に攻撃を再開した！

だが、

「効かぬだと!?　このゲシュペント・ドラゴンの王の攻撃が!?」

「それどころか、他の皆の攻撃もすべて無効化されていますわ！」

数千のS級モンスターすら屠らんとするその猛攻撃を、最終形態フォルトゥナは完全に無効化した。

先ほど這い上がる時に大ダメージを喰らったはずの攻撃が、今はかすり傷さえ与えることができないのだ。

「アリアケさん、支援《スキル》は？」

「やっている。しかし、彼らではもはや届かない。お前たち」

「了解なのじゃ！　ラッカライ、フェンリル！　あれをやるのじゃ！　グオオオオオオオオオオオオオオオオオオオオオオオオ」

「はい、お姉様!!」

「十聖フェンリルの力、存分に使うと良いぞえ！」

コレットが神竜の姿で、地上の太陽といえるほどの魔力をラッカライの聖槍へと凝集させる。

一方、フェンリルも古き狼の姿で、世界を氷結させるほどの魔力をラッカライへと集めた。

二つの真っ向から相克する魔力は、聖槍ブリューナクの中で中和することなく融合する！

「く・ら・えええええええええええええ！　炎竜氷狼天舞槍《ウロボロスブレーザー》！！！！！」

ラッカライが渾身の力を込めて、神竜と神狼から得た魔力を錬成し解き放つ！

それはフォルトゥナを溶解させ、切断する！　ように見えたが……。

『オ・オ・オ・オ・オ・オ・オ・オ・オ・オ・オ・オ・オ・オ………』

嵐のような大爆発の向こうから現れたフォルトゥナは何ごともなかった様子で、あまつさえ、どこか嗤っているようであった。

「後方の地層は遥か向こうまで真っ二つですが……フォルトゥナは無傷です！」

「あらゆる攻撃の無効化……。いえ、悪食の悪魔でしたか……。食べているのね、あらゆる攻撃を」

ローレライとブリギッテが声を上げる。

「ブリギッテ様、ローレライちゃん、多重結界で動きを止めましょう！　そのあとで今の技をもう一度っ……。うっ……!!」

その時、アリシアが苦しそうに腹部をおさえ、口から大量の血を吐いた。

「あ、あはは～。アイホートが孵化しかかってるみたいですね～」

彼女は苦笑しながら言う。

「そ、そんな、何とかしないと!?」

「で、でもどうしたらいいのでしょう!?　そ、そうだ。ブリギッテ様なら!?」

ラッカライとローレライが慌てた様子で言う。

しかし、

「アイホートを倒すには、本体を倒すしかないのです」

ブリギッテは目を閉じて、残念そうに首を横に振った。

そして、そんな様子を見ていた、地表にいるブリギッテ教徒たちも絶望の声を上げ始めたのである。

「馬鹿な、あの賢者パーティーの力でさえ効かないなんてっ……！」

「俺たちでは絶対に勝てない……。これが……、これが……人類の最後だってのか……」

「世界が……終わる……」

最終形態・悪魔フォルトゥナの圧倒的な力を前に、人々は戦意を完全に喪失し、絶望にのまれようとしていたのである。


しかし。

その時。

「やれやれ～」

小さい澄んだ声。

それなのに、彼女の声は、この戦場にいる全員に聞こえた。

「これくらいなんでもないですよ～。ねえ、アー君？」

彼女は当たり前のように微笑みながら俺に聞いた。

やれやれ。

俺は苦笑する。

自分の命が失われるかもしれないというのに、気丈に振る舞い、あまつさえ人々を励まそうとする。

だからこそ、君は大聖女だよ。

いや。

あの頃から、俺にとって、君はずっと……。

「ああ、そうだな」

俺は微笑み、

「俺と君がいて、超えられない壁などあるはずがないさ」

その言葉に、大聖女アリシア・ルンデブルクはにっこりと微笑んだのであった。

10、大賢者と大聖女　～人の希望たち～

「何をしようが無駄ですよ。全ては私のお腹に収まり食べつくされるのですから」

悪魔フォルトゥナが倍音を響かせながら言った。

人々が震えあがり絶望する。

だが、俺はその言葉に逆に微笑みを浮かべ、アリシアにそっと呟く。

「アリシア、気づいているな？」

はい、とアリシアは頷き、

「フォルトゥナはどうやら食べることしか知らない。考えたこともないでしょう。なぜなら、アレは捕食の悪魔だからです」

だから、と続けた。

「つまり、それがフォルトゥナの弱点です！」

俺は微笑んだ。彼女と俺は同じ景色を見ていることがどこか嬉しい。

ならば、これから俺が何をしようとしているのかも、彼女は理解しているのだろう。

「よし、ならやるぞ！」

「あいあいさー！」

元気のよい返事が響く。

だが、それは常軌を逸した方法だ。

普通なら止めるだろう。

仲間がそんなこと行動をしようと思っていると知れば。

だが、彼女は決してそうしようとしなかった。

それはきっと、

(俺のことを信頼して……)

そう考えた時であった。


「まさか、心配してないとでも思ってるんじゃないでしょうね～？」

「へ？」

出鼻をくじかれたように、俺はキョトンとしてしまった。

「俺のことを信頼してくれているのかと思っていたのだが……」

「もう、本当にお馬鹿さんですね！　アー君は」

彼女は若干怒ったように頬を膨らませた後、苦笑を浮かべて俺に言った。

「信頼していても、頼りにしていても、心から信じていても、心配ないって知っていても……心配に決まっているじゃないですか！」

「なぜ」

だが、彼女は俺の質問には答えず、俺に近づくと、

「だって、あなたは私が幼いころから、ずっと好きな人なんですから。あの約束のずっと前から」


チュッ。


「へ？」

俺は何をされたのか一瞬分からなかった。

だが、

「うふふ。驚きました？」

彼女は顔を赤く染めながら微笑む。

「久しぶりにアー君を驚かせてあげることができました♪」

「アリシア……」

俺は少しぼーっとする。

そんな俺を彼女は優しく見つめながら、

「必ず帰ってこれるようおまじない、ですよ。これからする作戦は、私とアー君の強力なパスが必要ですから」

「そう……だな……」

キスは人同士の絆を強め、パスを強化する効果がある。

そのためにキスを……などと勘違いするわけがない。

そこまで俺は朴念仁ではない。

「なら、帰ってきてから、俺の答えを伝えるとしようか」

「ええ、楽しみに待ってますよ♪」

俺と彼女は離れる。

そして、俺は口にした。

「大聖女アリシア・ルンデブルク！　準備はいいな！」

その言葉に、

「ええ！　いいですとも！」

アリシアが勇ましく答えた。

俺たち二人に人類の運命がかかっている。

ならば、始めよう。


俺は自身に強化スキルをかけながら呟く。

「あれを倒すには体内から奴を食い破る人類の剣が必要だ」

その役割は、本来なら勇者が担うべきかもしれないが……。

「やれやれ、仕方ないな！」

弟子たちをフォローするのも師の役割だ！

俺は強化した脚により、神速でフォルトゥナへと肉薄する。

「フォルトゥナ！　喰らうがいい！」

「血迷いましたか？　アリアケ・ミハマ様？　まさかおのずから餌食になりに来るなんて。あなたを捕食できるなんて、考えただけで昂ぶります」

悪魔の顎が信じられないほど開き、俺を一瞬にして飲み込もうとする。

だが。

俺は微笑む。

「なぁ、フォルトゥナ。お前はやはり食うことしか頭にないんだな」

「なにを……？」

俺のつぶやきに悪魔は疑問を持つ。だが、全てを食いつくすという概念存在の彼女には、それ以上のことを考えることはできない。

そう。

「食べた後のことを考えたことはないだろう、悪魔フォルトゥナ？」

「アリアケ・ミハマ。あなたは。あなたがたは、まさか……」

もう遅い。

悪魔の悍ましい口腔が閉じられる。俺は悪魔に捕食され、絶命する……その直前。

俺は彼女へと振り向いた。彼女も俺を見ていた。

「さあ、始めよう」

大賢者と大聖女による人類救済を。

「大聖女アリシア・ルンデブルクへ《聖域の加護》を付与！　超大規模蘇生魔術《バルム・ヘルツ・カイト》の使用準備！」

彼女は力強く頷く。

「『聖域』を利用し奇蹟術式を発動！」

彼女が高らかに術式を謳う。

「死者蘇生を聖域という限定範囲で全体化します!!」

フォルトゥナの驚きの声が聖域に満ちた。

「死者蘇生の全体化っ……！　それがあなたたちの最初からの狙いっ……！　死者を拒む花の聖域を利用した奇跡の行使っ……！」


そう、この時代、死者蘇生は彼女を除き誰一人使用できない奇蹟であった。

ゆえに、その光景はありえない光景だったろう。

死者蘇生術を全体魔法として行使するのだから。

（だが、それこそがこの聖域にフォルトゥナをとどめ続けた理由）

その真の目的は俺が最初フォルトゥナに告げた通り。

死者を厭う花の聖域の特性を利用した蘇生魔術の行使！

言ったろう、フォルトゥナ。

「切り札の一つや二つ。いや三つや四つは持っておくものだ」

「この戦いの死者は必ず捕食され、全員フォルトゥナの体内にいます！　死亡から時間も経過していない！　ならば、この聖域ならばっ……！」

大聖女の高らかな声が響いた。

「全員蘇生させることができる！」

だが、

「それだけでは万全ではない」

体内から奴を食い破る人類の剣が必要だ。

ならば、その役割は。

「英雄が担うしかあるまい。やれやれ」

そのつぶやきを最後に、俺の体は一瞬にしてフォルトゥナに捕食され、意識は途絶したのであった。

～フォルトゥナ視点～

「に、逃げなくては」

私はアリアケ・ミハマ様を捕食した瞬間、その巨体をすぐに転じようと致しました。

認識を改めねばなりません。

少なくとも彼《アリアケ・ミハマ》のような人間がいることは認識しなくては。

ですが、

(大丈夫、彼はミスを犯しました)

私は上昇しようとしながらほくそえみます。

だって、いかな大聖女アリシア様といえども、奇蹟といわれる蘇生魔術を使用する。

その時間は少なく見積もっても数十秒。

(私が逃げるには十分な時間でしょう)

私が彼ら《人類》の攻撃を受け付けないことはいまだ変わらない真実。

ならば、この戦いの勝者は、やはり……。

「「チェ・ス・トオオオオオオオオオオオオオオオオオ！」」

「！？！？！？！？！？！？」

グワングワングワングワングワン！

私の頭上に大規模な衝撃が発生します。

「こ、これはっ……！」

最終形態の私の行動を阻害するほどの衝撃に、私は驚きました。

ですが一方で、その衝撃は私に一つの記憶を呼び起こします。その忌々しい記憶は、驚くべきことに同時に私へ戦慄さえも覚えさせたのです。

ああ。

なぜなら。

なぜなら、これは。

あの時と、同じ！

「ブリギッテ様！　シャーロット王！　またしても邪魔をしますかぁあああ！」

頭上で獰猛に笑う二人の顔が視界に入りました。

「当然！　なけなしの魔力ですが、数十秒ならあなたを封印させることくらい可能です！　誰があなたを３００年間閉じ込めたと思っているんですか！　さあ、シャーロットちゃんも力を貸して！」

「相変わらず馴れ馴れしい人間だ！　だが、うん、久しぶりな感じで気分が良い！　全部持って行け！」

「《破邪封印《ノックス・デプリモ》》!!」

ガクンと私の体が再度沈み始めます。

「お、おのれ……おのれ……」

それはなんという屈辱。

人ごときに。

トカゲごときに。

私はまたしても、あの封印された場所。

地下封印遺物《アビス》へと落下させられているのですから。
いいえ。
いいえ。
今そこは、もっと恐ろしい場所。
なぜなら、そこは花咲き乱れる聖域。
あの大聖女が。
大聖女アリシア・ルンデブルクが。
「聖句発唱《スケール》！　《超大規模蘇生魔術《バルム・ヘルツ・カイト》》!!」
大規模蘇生術式という奇蹟を顕現させる場所なのですから。

～アリアケ視点～

ここはどこだろう？
俺は暗闇を一人で歩いていた。
先ほどまでとても大事なことをしていたような気がするが、どうにも思い出せない。
暗闇の先には一筋の光があって、何となく俺はそこに向かって歩いている。
だが、

（本当にそこに行って良かったのかな？）

何となく、後ろ髪をひかれた。

（ああ、そう言えば）

と、俺は唐突に一つのことを思い出す。

それは俺が幼いころに、交わした大切な約束。

俺が啓示を受け、この世界で独りきりだと思い込んでいた時、彼女がかけてくれた言葉。

「もし、アー君が困っていたらどこまでも追いかけてあげるから！　一緒に悩んであげるから！　だから独りだなんて思わないで。独りでどこかに行かないで！」

それは寂しがりやで泣き虫だった彼女が精一杯の勇気を振り絞って言ってくれた言葉。いや、逆に俺こそが寂しがりやだったと気づかせてくれた言葉。

だから俺も、

「なら、俺がもし疲れて独り切りになった時は、君に見つけてもらえるように、アリシアの好きな花でも育てておとなしく待っているよ。そして、その時は二人でのんびり暮らそう」

と冗談めかして、返事をしたんだったな。

それは幼い二人が交わした約束ともいえない約束。

だが、俺を本当の意味で救った言葉。

規格外の力を持ってしまった俺が、孤独にさいなまれず、ここまで歩いてこれた理由。

だから、彼女の言葉は、俺にとっておまじないのようなものだ。

（ああ、そう言えば）

俺はとっさにもう一つ思い出した。

「さっきも、一つおまじないをもらったな」

その瞬間。

「聖句発唱《スケール》！　《超大規模蘇生魔術《バルム・ヘルツ・カイト》》!!」

強力なパスを通じて、アリシアの声が耳を打った。

瞬間、俺の魂が蘇生され、肉体が再び形を取り戻す。同時に、

「《無敵付与》！　《人類の脅威殲滅（超）》！　《攻撃力強化（超）》！　《魔力強化（超）》！」

全てを思い出した俺は、一瞬でスキルを発動する。

そして、

「行け！　お前たち！！！」

悪魔フォルトゥナの体内にいる数千の人類の剣たちへ突撃を命じたのだった。


ドオオオオオオオオオオオオオオオオオオオオオオオオオンンンン……。

「ア・ア……」

「ふう」

俺はフォルトゥナの体内から無事脱出すると、嘆息しつつ、ひび割れ、崩壊していく悪魔の姿を見上げる。

「くっそおおおおおお、またアリアケの野郎なんかに助けられたなんてええええええええ」

「認められませんわ！　認められませんわ！」

「あたしたち超ダサいじゃん！　でも一番ダサいのは真っ先に食われたエルガーじゃん！　あたしらはまだマシってことじゃん！」

「何を言うか！　三人いたくせに何も抵抗できずに捕食されたお前らこそだなっ……!!」

崩壊する悪魔の内部から、聞きなれた罵声が漏れ聞こえてきた。

やれやれ、あいつらのことも助けられたか……。大事な幼馴染たちとはいえ、手間のかかることだ。

いや、本当の功労者は、俺じゃないな。

「さすがアリシアだな」

俺は肩をすくめる。

最終形態のフォルトゥナに取り込まれた人間たちが次々に蘇り、その体内で暴れまわる。

「神に選ばれたなど些細なことだな。これほどの奇蹟を見せられては」

何せ数千人規模の蘇生魔術を目の当たりにさせられているのだから。まさに女神の所業だ。

「なーにを言ってるんですか！」

コツンと。

彼女がいつの間にか近寄ってきて、俺のおでこをたたいた。

「それができたのはアー君のおかげでしょうに。相変わらずズレてますね～」

優しく微笑む彼女がいた。

悪魔フォルトゥナはだんだんと小さくなっていく。

捕食という概念を否定された悪魔は、まるでその存在を損なうように徐々にこの世界から消滅しつつあるのだ。

その悪魔と目があった。

「まさか私が負けるとは思いませんでした、アリアケ様。そしてアリシア様。上位存在たる私は絶対に負けることはないはずでした。ですが……」

フォルトゥナは少し間を置いてから、

「大賢者に大聖女。あなたたちのような存在が偶然にも居合わせたこと。それだけが私の誤算でした」

だが、俺は。

そして、アリシアは首を振りながら苦笑して、

「俺たちだけでお前を倒せるわけがないだろうに」

「そうですよ。コレットちゃんにラッカライちゃん、フェンリルさんにローレライちゃん。バシュータさん。ブリギッテ様に、大教皇様、シャーロット王。そして筋トレ大好きでやたら強い聖都の皆さん！　人類全員が一丸になったがゆえの大勝利です！」

ブイ！　とアリシアがピースサインをした。

そんな彼女を見る悪魔の瞳は、どこか苦笑じみている。

「人類一丸。それを成せないからこそ、人は人止まりなのですが……。いえ、そこに気づかないからこそ、あなたたちは上位存在《わたし》すら打ち砕ける人類の剣なのかもしれませんね」

悪魔は改めて俺の方を見た。

「アリアケ・ミハマ様」

「なんだ？」


「闇を振りまく者に注意しなさい」


「！　それは」

「結界が弱まり私が復活したのは偶然ではないということです。……なぜ、そのことを自分に教えるのか、ですか？　ふふ」

悪魔は微笑むと、

「嫌がらせをすることが、悪魔の喜びですから……」

そう言うと、フォルトゥナはサラサラと砂のように風の中に溶けていったのだった。

「どういうこと……なのでしょうか？」

アリシアが首をかしげて言う。

「さてなぁ……」

俺も同じように首をかしげて応じた。

少なくとも数々の事件と、今回の事件は無関係ではないということだ。

とはいえ、

「俺は今度こそ田舎に引きこもってゆっくりとするつもりだからな。うん、関係ない、関係ない。これは決定事項だ！」

「そんな力説しなくても。今度こそきっと大丈夫ですよ」

アリシアが苦笑しながら応じてくれた。

「そうか？　まぁ、アリシアが言ってくれるなら少し安心だな。あ、そうだアリシア」

「はい？」

俺は少し詰まりながら言った。

「一緒に暮らすなら……どんな家がいい？」

その言葉を聞いて、一瞬時が止まったかと思うと、

「お、お花がたくさん咲いてるお庭のある家が……いいです……」

彼女は驚きもせず、ただ赤くなりながら、あの日のおまじないの続きを答えてくれたのだった。

エピローグ　～結婚式と逃亡二人組～

「いやぁ、まことにめでたいわねえ！　３００年間頭痛の種だった悪魔フォルトゥナは撃退できたし、ゲシュペント・ドラゴンとも平和条約を締結できたし！　これでブリギッテ教の権力はますます高まるというものだわ！」

「そういうのはあんまり良くないのではないかしら、リズレット？」

聖都『セプテノ』は現在、復旧作業のさなかである。

そんな街中を大教皇リズレットと始祖ブリギッテは歩いていた。

「いえいえ、ブリギッテ様！　権力が高まる、イコール、人が集まってくる、ですわ！　自然と優秀な人材が集まってきて、うはうはなのですよ！」

「そうなのですか？　果たしてそうですかね～」

テンションの高いリズレットに対して、ブリギッテは半信半疑といった様子で首をかしげた。

「でかい声がしたかと思ったが、お前たちであったか。ちょうど確認したかったのだが、肝心のアッチの準備は整っておるのか？」

そんな二人に声をかけたのは、ゲシュペント・ドラゴンの王、シャーロット・デュープロイシスである。

相変わらず王様らしい覇気をまといながら、赤銅のような長く美しい髪を風になびかせていた。

「もちろんですわ！　このリズレット、抜かりありません！　というか、この超特大イベントこそが、ブリギッテ教が更なる飛躍をするための狼煙となるのですから！」

「英雄を作り上げて象徴にして人心を掌握する魂胆ですか。まぁ権力者らしくて良いのでしょうかねえ」

はぁ〜、とブリギッテは嘆息した。

ブリギッテ自身は教会の第1位であるが、復活したことはまだ公表されておらず知る者も少ない。

それに彼女自身はおっとりとした性格でとてもではないが権力闘争や政治を楽しむタイプではなかった。

なので、リズレットのやろうとすることに口出しはしない。

まがりなりにも、国教をまとめあげてきた大教皇の政治力は大したものなのだ、実際。

「ド派手にやりますわよ〜！　カーニバルですわ、カーニバル！　こーんなに国費を使って盛大にやれる楽しい催しは他にありませんからね！　色々な国から人を呼び寄せて、そして国で一番広い教会で挙式！　そして披露宴！　そのあとは1か月くらい祝の月として毎日パレードしたり、演劇やったり、出店を出して、お祭りですわ！」

シャーロット王も頷く。

「まぁ、それくらいやってもらうのが当然であろうな。何せ我が娘を嫁に出すのだからな」

「あれれ？　それってシャーロット王に勝ったらとかいう話ではなかったのではないかしら？」

「酒の飲み比べで負けたから良いのだ、うむ」

「ずいぶん気に入ったんですね～。いやー、ドラゴンの王様に認められるなんて、さっすがアリアケ様。前代未聞というか人間やめてますわね！」

「うむうむ、並大抵の男には娘はやれぬ！　やはり儂から堂々と聖具を奪っていくくらいの男でなくてはな！」

ぬわっはっはっ！　と美女二人が豪快に笑った。

気の合うようで何よりだ、とブリギッテは思う。

だから、さっきから一つだけ気になっていることを聞いたのだった。

「で、その肝心のアリアケ君とアリシアちゃんたちはどこに行ったんですか？」

首をかしげて聞く。

「ん？」

「ん？」

「え？」

届かぬ高みにいるはずの三人の口から、それぞれ間の抜けた声が漏れたのであった。

～アリアケ視点～

「やれやれ、ここまでくれば安心だろう」

「そうですかねえ、あの方もしつこいですから」

たははー、とアリシアは笑った。

と、その後少し顔を赤らめながら言う。

「えーっと、アリアケさん？」

「アー君じゃないのか？」

「もう、あれは二人っきりの時だけですよ！」

「今もそうだが……」

とりあえず聖都をあげて結婚式を挙行しようとするリズレットから逃亡することを優先した俺たちは、他の仲間たちよりも先に聖都を後にしたのだ。そのうち追いついてくる手はずである。

「何だか恥ずかしくってですね～、うふふ」

彼女は少し顔を赤らめて答えた。

「ねえ、アリアケさん、私今、とっても幸せですよ？　アリアケさんは……アー君はどうですか？」

俺は少し考える。

いや、考えようとした。

しかし、別に考えるほどのことでもないなと思い付き、すんなりと思ったことを口にする。

「大聖女、君が追いかけてきてくれて嬉しいよ」

そう言うと彼女は満面の笑みを浮かべて、そのまま俺に一歩近づき、そして……。

～？？？？？視点～

「うーん、あれはちょっと声をかけられぬのじゃ」

「うわー、先生ったら。お姉様ったら、うわー……」

「あまり興奮しすぎるでないぞえ？　気づかれたら終わりゆえなぁ」

「はわわ、でも、いいんでしょうか、いいんでしょうか。見ちゃっていいんでしょうか！」

「ローレライさん、そんなバッチリ見ておいて今更ですよ……」

そんな二人を追ってきた賢者パーティーの面々に、物陰からばっちり見られているとは知らず、賢者と聖女の束の間の休息は続いたのだった。

～？？？？？視点～

「どうも進みが遅いな……」

その存在は暗い空間を漂いながらその光景を見ていた。

世界は少しずつだが、闇に覆われ始めていた。

それもそのはず。この神たる自分が闇を振りまいているのだから。

だが。

「なぜ、少しずつ、なのだ？」

その存在は解せぬとばかりに首をかしげた。

そう、世界が闇に覆われる速度が、少し遅すぎる気がしたのだ。

本来なら今頃、大陸は戦火にまみれ、血で血を洗う戦争状態のはずだった。

モンスターや、あの悪魔すらも跋扈《ばっこ》し、世界は存亡の危機にあるはずなのである。

だが、現実にはそこまでの段階には至っていなかった。

いや、その存在は認めることはしなかったが、明らかに闇が打ち払われているケースが散見された。

彼がエルフの森を枯死させようとした試みは、ある賢者の活躍により惜しくも失敗に終わった。

魔の森を生み出したにもかかわらず、突如現れたドラゴンに防がれ、街一つ滅ぼすことができなかった。

見込みのある悪の素質に優れた貴族へ、戯れに送りつけたミミックが、やはり簡単に倒されたことは仕方なかったのかもしれない……。

だが、やはり誤算なのは、勇者たちがいまだに勇者であることであった。

「あれは悪の素質に優れた最高の人材たち。聖剣の担い手なのと正義か悪かは問われない。だから、偶々才能に優れた幼馴染の『あの男』にスキルを与え、成長を促したのだ」

しかし、なぜか奴らは悪の素質を存分に持ち合わせながらも、いまだに、かろうじて勇者としての体裁を保っていた。

本来なら悪落ちし、人類を滅ぼす存在に成り果てているはずなのだ。

それなのに、先日などは300年ぶりに封印を解いた悪魔フォルトゥナに、一度は心を操られながらも、最終的には『あの男』が世界を救済するのを、形式的とはいえ助けている。

更に言えば、聖槍の使い手がしっかりと成長している。

腹心たるワルダークを通じて、勇者と組ませることによって、聖槍の使い手も確実に堕落し、忠実な闇を振りまく者になるはずなのだ。

しかし、現実には『あの男』のもとで戦っている。

想定よりもはるかに成長した姿で。


ビキっ！

空間にヒビが入った。

「……ふむ、ならば、良かろう」

その存在は、ヒビの向こうに見える世界を微笑みながら見た。

「では、私がじきじきに世界に闇の帳《とばり》をおろしてやろうではないか」

そう言うと、その空間から跳躍しようとする。

本来、彼はめったにこの次元の狭間から出ない。

なぜなら、そこは誰も手出しのできない空間だからだ。

そこで、ゆっくりと闇を振りまき、世界を滅ぼすことこそが、最上位神たる彼に相応しい態度であった。

だが、彼は思った。

（神に逆らうということがどういうことか人間に教えてやることもまた一興だ）

たまには神の御業を見せるのも良いだろう。

「待っているが良い。××××・××××よ」

彼は邪悪な笑みを浮かべると、その何人たりとも立ち入れぬ空間から、消失したのであった。


（終）

あとがき

こんにちは。初枝《はつえだ》れんげです。

さて、めでたく第3巻発売となりました。

この度は本作をお手に取って頂きまして誠にありがとうございました。

読者の皆様には本当に心よりお礼申し上げます。


第3巻いかがでしたでしょうか？

本作はもともとWebで連載しているものを、書籍版に大幅に加筆修正したものとなります。

面白いと言ってもらえると、大変うれしいのですが……。

もし宜しければ、率直な感想を私のツイッターや、本作を投稿している「小説家になろう」のほうに、コメントをお寄せ頂けると嬉しいです。

最近はYouTubeもやってますので、そちらにコメントしてもらっても嬉しいです。

どうぞよろしくお願いします！

さて、本作はコレットやアリシア、ラッカライ、そして、ローレライの親が出てくる展開となっておりま す。

それぞれの親が出てきて、アリアケとくっつけようとか、アリアケと別れさせようですとか、しっちゃかめっちゃかな展開でしたね（汗）。

最後どうなっちゃうんだ、と思われた読者の方も多かったのではないでしょうか？

ですが、最後はやっぱりヒロインレースでまずは一着ゴールということで、例の彼女がテープを切りました。

アリアケも普段は朴念仁やってるくせに、ちゃんとやる時はやるんだな、と作者の私も思いました。

あと、今回非常に悩んだのが、敵キャラであるフォルトゥナのキャラクターとなります。

フォルトゥナは本編で明かされた通り、悪魔という種族なわけですが、このキャラクターをどのように表現するのか非常に悩みました。

悪魔と言えば、メフィストフェレスを思い浮かべる方も多いのでは？

私もそうでした。

メフィストフェレスは甘い言葉で囁き、人間にあたかも幸福のような出来事を約束しつつ、最後は破滅させる、魂を奪う存在として描かれます。

フォルトゥナも悪魔という敵、人類を滅ぼそうとする完全なる悪なわけですが、言葉遣いや声色は非常におっとりとしていて丁寧なのは、メフィストフェレスをイメージの土台にしているからなんですね。

という感じで、今回は本当に色々な新キャラクターたちに登場してもらいました。

今後も色々なキャラクター……特についにあのキャラクターが登場して物語は怒濤の展開が予定されていますので、どうぞ今後ともよろしくお願い致します。

さて、それでは最後に締めの言葉とさせて頂きます。

まずは、今巻でも素晴らしいイラストを描いて頂いた柴乃櫂人《しばのかいと》先生に深くお礼を申し上げたいと思います。

また、今回コミカライズを担当頂いているくりもとぴんこ先生に、巻末にイラストを描いて頂きました！

ガンガンONLINEで連載中なので、ぜひそちらも読んで下さいね！

特に初枝の見どころは、やっぱり女性陣たちの活躍とかわいらしさですね。

大聖女さんの序盤の一見ツンツンしているところが、徐々にデレに変わっていくかわいらしさは圧巻の一言！

そして、もう一人のヒロインであるコレットが、コマの中をチョコマカと所狭しと愛くるしく動き回る様子は、さすがくりもと先生の真骨頂といった感じです。

本当に見ていて、心が和むといいますか、コミックにして頂いてよかったなぁ、とつくづく思う次第です。

原作者冥利につきるというものですね！

そして、いつも私のつたない乱文に丁寧に赤を入れ下さる編集S様、校正様、そして編集長様におかれましても、深く深くお礼を申し上げます。

皆様がいらっしゃらなければ本作が日の目を見ることはなかったでしょう。

今後も更に面白い小説を皆様に届けたく精進してまいりたく思います。


初枝れんげでした！

祝♡
3巻発売
ガンガンONLINEで
コミカライズ連載中!!
くりもとぴんこ

SQEXノベル

勇者パーティーを追放された俺だが、俺から巣立ってくれたようで嬉しい。……なので大聖女、お前に追って来られては困るのだが？　3

著者
初枝れんげ
イラストレーター
柴乃櫂人

2021年9月7日　初版発行

発行人
松浦克義
発行所
株式会社スクウェア・エニックス
〒160−8430
東京都新宿区新宿6−27−30　新宿イーストサイドスクエア
（お問い合わせ）スクウェア・エニックス　サポートセンター
https://sqex.to/PUB

印刷所
図書印刷株式会社
担当編集
鈴木優作
装幀
冨永尚広（木村デザイン・ラボ）

ISBN978-4-7575-7461-8　C0093　Printed in Japan